陳育萱
何敬堯
著

佛蒙特沒有咖哩

記那段駐村寫作的日子

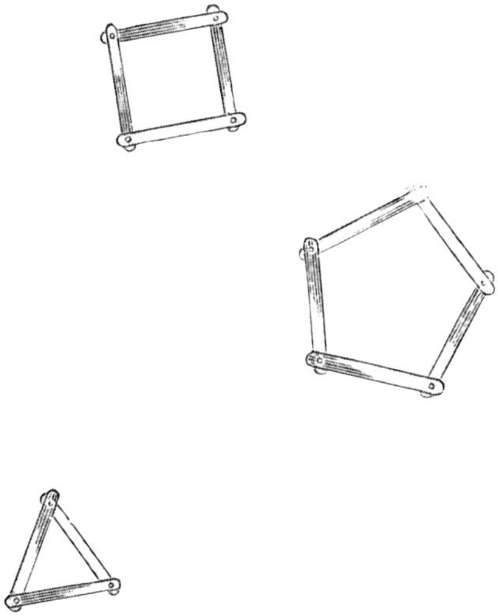

目錄

1 【育萱】雨天裡的普羅米修斯

2 【育萱】我的寫作房

3 【敬堯】冥想者們

【代序】
跳躍吧，時差

陳又津

我想，我應該是在那裡成為作家。

佛蒙特駐村寫作計畫，讓不同時空、懷抱不同夢想的人，走進那間紅色磨坊，走進小牛寫作樓，面對同一條河。前期有學長黃蟲（崇凱）開路，後來有敬堯、育萱、茲盈同行。但二〇一四年九月，只有我一人通過申請。

高壯的海關大叔問我：來美國做什麼？這是你第一次來美國嗎？駐村？一個月？佛蒙特有藝術村？所以你是作家囉？

作為獨自通關的華人女子，我只想全速通關，就算大叔很親切，交代我那邊楓葉很漂亮、天氣很冷、是有機農產品重鎮，但我一點都沒有閑聊的心情。

writer就writer吧！反正我也不知道文字工作者的英文是什麼。

語言的幽微界線，跟著十二小時的時差，一口氣跨越了。

佛蒙特藝術中心的參與者，三分之一來自加州，三分之一來自紐約，三分之一是其他，還有幾個人從加拿大過來。某個女孩說，她昨天剛去看麋鹿。望著起伏的山巒、綠油油的樹木——我終於意識到，這裡不是想像中的美國，這裡的人開車去蒙特婁只要兩小時，去紐約市卻要六小時。

「你做什麼的？」

不管是專職還是兼職創作，到了VSC，就是專心做作品。你端盤子還是教書，何以營生不是重點，重要的是你在這寫作、雕塑、繪畫，還是運用多媒體？

我說我在寫老人黑色喜劇，隨著聽的人不同，漸漸發展出各種版本。想像一下，兩個老人到了速食餐廳，面對陌生無盡的選擇，沒人願意為他們解說田園風味、巴馬乾酪這些麵包的差異，更別說蜂蜜芥末醬和美乃滋——這種時候，看著別人有條不紊地前進，你這時候難道不會很想死嗎？

上了年紀的笑瞇瞇女士，畫作是各式各樣的小幅樹幹，她思考了一下：「怎麼會想死呢？當然是把他們殺掉啊！」

我差點忘了自己真的在美國，眼前的和善老太太，隨時可以拿起獵槍。

但「老人」也讓東西方的文化差異變小了，人生到了最後，大家都一樣白髮蒼蒼、行動不便，深怕一個不小心，跌落繁忙的地鐵軌道。

「我朋友有隻狗是吃到撐死，聽起來不錯吧？」「今天早上聽廣播，想到你的故事。太空人與地球連線——」「我從來沒有跟別人說過，我弟弟是自殺的。」「我的母親在我生日、平安夜的前一天過世了。」「你聽得懂嗎？有不懂的地方盡量問我。」「你看過《二十二條軍規》的續集嗎？我把書名給你。」

複雜的事，在字彙有限的外國人面前，忽然變得清楚起來。

我回來以後，英文一樣不怎麼樣，但小說跟著我跨越海洋回到台灣。偶然遇到敬堯，他聊起十年前搭便車環島的經歷，竟也成了小說的一部份。最近合作伙伴的伴侶，也是我在紐約順路借宿的室友。

踏上這條「作家之路」——哪怕千山萬水我獨行，也沒什麼好怕的了。

（本文作者陳又津，台北三重人，任職媒體。台大戲劇碩士。二〇一〇年起，陸續獲得時報文學獎、國藝會長篇小說補助等。出版有小說《少女忽必烈》、《準台北人》。）

1

【育萱】雨天裡的普羅米修斯

看管睡意的二十四小時餐廳

凌晨六點半，我自異鄉的床鋪醒來，腳心畏怯而寒冷。甦醒後，我的皮膚依然持續感受到一股異樣，那是熬過十多小時，終於篤定安居於一落木屋的感受。過度透支的身體處在疲倦與無法徹底臣服疲倦的過渡階段，我於是裝作非常渴望陽光的樣子。等待天亮。

抵達柏靈頓國際機場（Burlington International Airport）的前十小時，我睡在甘迺迪機場第四航廈，唯一一家二十四小時營運的餐廳旁。它在機場的存在猶似一棟外星遺物，整座餐廳後頭有一條通道，鄰近玻璃處有一成排鋼鐵排氣孔。我裹著外套，就地蜷曲，背部抵著玻璃帷幕；該夜，我或也成為引人側目的一景。

從台灣途經十五小時抵達紐約甘迺迪機場（John F. Kennedy International Airport），領了行李，便轉至櫃台處理託運事宜。飛往柏靈頓的班機還在就緒階段，而因為早早知道需要候機十多小時，所以臨時發生在午夜的小小的不便反而成為拯救命索。旅人為了避免成為百無聊賴的俘虜，他情願一點小麻煩的降臨。那麼，行李託運事件或許是暖身前奏？我才這麼盤算著，在空轉的腦袋轉盤中硬是百番設想其他遭遇，孰料櫃台立刻來了另一位看來是華裔身分的服務人員，他們低聲交談一陣，原先無法託運行李似乎順利底定了。

沒有選擇餘地，必得承認善意是美好的（但亦矛盾地指出即將籠罩而來的無聊）。可以了。當對方這麼說的時候，我微笑稱謝，內在卻感到十足為難，一場可預期的災難如期而來——要不就熬過整夜呆坐咖啡店，要不就是在毫無準備睡袋毛毯的情況下睡在機場。為了延遲最後的決定，率先，便試著就地找尋餐館。然而，標誌上的餐廳標示完全無效，眼前所及，所有店鋪全掛下簾子，呈現一種拒絕的姿態——彷彿在說，夜一旦撲上岸來，他們就該休息關閉。

對於一位初造訪的旅人，這座機場的歡迎儀式未免粗陋太過。但旅人總是有無窮妙計，不一會兒就問及另一航廈有二十四小時營業的餐廳及Wi-Fi。Wi-Fi在此時顯然是引誘趨光性蟲子的光源，於是搭上環狀的航廈接駁電車，義無反顧地朝預定地前去了。

鋁銀色的外觀與霓虹招牌，入內則見吧台架上擠滿空了一半的酒瓶，閃耀著玻璃微光。身著黑白服飾的服務生，臃腫而移動緩慢，正如電視劇裡頭的刻板印象。對於時所能見的美國電影及小說，創建了我的偏見，使我吸食每一瞬畫面，並將它視為臨時搭景的夢境，深感為真。

騷動的意念才降落在L形沙發，我收下菜單，瞥上一眼，數字昂貴。拿身體的疲倦感當賭注，我感到為難卻沒有太多拒絕的權利。

餐點到來，漢堡夾了焦感十足的牛肉，又加點了培根、起司，這些與數量龐大的薯條一起堆疊在餐籃中，吸油的餐巾紙上瞬間浮滿了油花。我咬了一口，乾而難以下嚥，炸的時間不對，油到一定程度反倒一點都不多汁。心中發愁了一會兒，我便又假定一口口蠶食的過程，能讓自己保持清醒。

不能確知這樣的盤算是否能牽制漫漫長夜，我認分地咀嚼眼前的食物，渴了便拿保溫瓶到廁所附近的飲水機裝水喝，沒有溫熱鍵，一杯接著一杯的冷水飲得身冷。我望向斜對角的吧台，那明亮燈光的彼處的確更能安撫一位旅人，可是我始終沒有坐上吧台。畢竟，有誰會在長途飛行後還渴念一杯酒？

想及海明威（Hemingway）寫的小說〈一個乾淨明亮的地方〉，那位耳聾老人流連在深夜酒吧，服務生懷著複雜的心情，遞給他一杯又一杯的白蘭地，因為曉得若是這間餐館關了門，這老人無處可棲，說不定就跑去自殺了。年長與年輕的服務生考量點何其迴異，其中，年長的不願輕易打烊，他在乾淨愉快，斜映著樹影的餐館工作，並且懷抱希望，為下一位需要深夜光亮的顧客開著門。

我為此勉強撐了精神，想知道有誰會是這位侍者？

延展成片的玻璃帷幕靠白色鋼構支撐，這間複合式的餐廳也仰賴著所有無處可去的旅人，他們來到此地，匆匆進食復又趕赴著下一段旅程。這樣的中繼站理當黏著故事的落羽，或許一杯冬夜的威士忌，抑或即將入秋的現下。這個盤算始終沒有被驗證，因為我盯著攤開的書頁，腦中完全輸入不了一行字，血液湧向油膩的胃部，努力消化異鄉的頑固。

熬夜再加上時差，此刻，靈魂是全然乾癟的幼雛，牠本就不會飛，這下僅能迸出幼稚的單音，自然也不會有海明威筆下壓抑著遺憾的故事誕生。

不過，同時我清楚知曉費茲傑羅（Fitzgerald）所言，「在靈魂真正黝暗的深夜，時時刻刻都是凌晨三點，日復一日」。於是我躺下，屈身面朝即將天光的透明巨構，見證在路邊守候乘客的計程車，赭黃會逐漸在日光照耀下恢復鵝黃，而我也會習慣冰冷的地板及逐漸刺眼的陽光，且慶幸不需要冒著被驅趕的危險。更何況不久之後，我的確能回到安適的床上，把這一切視為夢境，過站即可拋棄的夢。只是，在這一切真正到來前，我把全身重量交託給水泥及鋼筋混合的地面，頭枕隨身行李，低聲安撫倦壞而失魂的自己。

橫跨了黑夜與白天的機場，不時充斥著各種移動的聲響，行李輪子滾動得相當急促，餐廳室外座位反覆被移開以便清理，冒出的雜亂念想在噪音網羅下，竟也逐一破滅以致消失，我臣服於本能的睡意，以睡顏迎接紐約隔日的太陽。

石灰銀外觀的餐廳護衛在前，它潦草地掩護了時常出現的流浪者，等待他們安然甦醒後，再一次輪替成為黑夜中明亮的所在。這是必要的承諾，一份轉型為現代版的海明威式溫柔。旅人不特別說出感謝，只是若下次還遇上漫長的等待，他會清楚該把睡意交託給何處看管，如此而已。

恐怖中秋

做了一個非常真實的惡夢，擱在腳邊的米色薄毯像是噩夢實況的倖存者，每處皺褶似乎都含住噩夢的一角，我試著伸展手腳，發現好端端地屬於自己，鬆了一口氣。

這是怎麼開始的？具體的情節井然有意地欺瞞我入夢，不厭其煩地重複過往的生活細節，鉅細靡遺乃至偷天換日，一行人搭上遊覽車，「勘查傳說中的美景」這樣的爛哏竟也說服了我繼續參與夢境的拓路。

或許，我的身體不自覺與遙遠家鄉的中秋節互為引信，一如月球與地球難分難捨的關係，即便佛蒙特州瓊森鎮上飄起夜雨，島嶼陸地慘至寸步難行而月光全滅，身軀卻還緊緊抓著通往夢境的道渠，它記得了，夢中便有一輛遊覽車，與偌大的月球偕行。

美好旅程通常有音樂陪襯，古典樂引致的效果可能帶出壯闊雄景，不過很顯然某種類型電影特別偏好荒僻小鎮，召喚一場驚悚殺機亦是家常便飯。總之，域外電影都是這麼進行的，夢境抄襲了它——音符跳動的世界僅剩一條長路，一輛車。星屑上下浮沉，連同司機在內，所有人搖晃迷茫，半夢半醒。

暗影襲上。突然間擎槍的狂暴分子霸據這輛歡樂無知的遊覽車，音響中的古典樂音輪到蕭邦曲目，乘客聽從槍桿的命令；碩大的月球停在半空，驚視這場劫難。

每個人都下來，尤其是妳。

我與其他人雙手緊絞，跪在路中央。

給妳二十四小時，去跟妳的家人朋友道別，恐怖分子這麼說，他要我回到日常軌道，依舊上班、下班、跟家人朋友話家常。但妳一句都不能透露這樁事，他警告。

這一段顯然塞滿了各樣錯誤的詮釋，我擰著即將要噴溢出來的恐懼，走到講台上，對底下的學生交代作業、演示課程，盡量跟往常一般講述；課堂上白目搞笑的對話依舊不減，只是學生們看起來若有所思，似乎搞笑只為敷衍劇本。一整日的課就這麼隨著時間遞減，彷彿一列積木被一塊塊抽去。最終到來的夜晚及所剩無幾的零落積木，以孤絕姿態醒目地提醒我，時間究竟是怎麼一回事。情勢相異之下，過往厭惡而想逃離的，夢中卻只願站在講台上永不離開。

畢竟是夢，下一秒不分緣由的安排，我便騎車返家。

這多不合邏輯！

通過幾條巷子便能回到遠方的家？在夢中的思考有限又窘迫，異鄉遊子真正想做的是逃亡，可是卻身不由己地依循恐怖分子的設定回到了家。開啟家門，唯一合理的是一桌熱騰騰的菜蔬，溫暖氣味與印象中無異，讓人安心卻同時逼人怔忪。入座，耳聞父母熱烈聊起幾件我早已明瞭的家務事，那些細節與多纖的葉菜一同進入牙縫，口腔內擁擠不已，連同我預先要說的話都卡關在齒縫中。晚餐一頓，毫無作用的喉嚨聲帶萎縮著，沒人能夠知曉接下來我要去哪。

妳還好嗎？我忘了是父親還是母親，反常地問了這句。

眼眶的淚洶湧，藉口道，我吃飽了，出去走走。

門把在前方，宛若一道刻意的諭指，它挪動記憶的面板，一方面也又搖著不祥旗幟，催促我上路。

早點回來，後方交代著。

我才一點頭，身體便又回到死寂的大路上。槍口抵住背脊，一整節發寒的感受伴隨悔恨，彈散到每個毛孔。被迫執行死亡命令的是熟識的友人，遊戲規則是這樣的：不開槍，死的就是妳。

於是，我必須是那項任務的靶心。

靶心最好毫無意識，泯除想法。在即將到來的傲慢殺戮下，我頓時喪失視力，四周成為摸不著岸的惡水，每一波輕微的起伏帶來冷意，使人分不清是肌束痙攣還是純粹的恐懼。月色幽微幾近無光，徹底失去方向感的我懷疑自己將在下一秒中率先溺斃於恐慌。與此同時，蕭邦樂曲來到加強重音的段落，擊中了白鍵，這一瞬間的空白推了我一把，我睜開的雙眼接管了另一個世界。緩緩收攏眼睛焦距，我意識到身處之地是飄灑細雨的異國小鎮，至少眼前美國風味的舊木櫃這麼提醒我。

窗簾之外間歇滴落的雨，浸潤著還在黑夜中的木造屋舍與新草，更遠些是鎮上唯一堪稱大馬路的地帶。我試著站立片晌，依然不能明白何以恬靜的生活容納了驚恐的可能。是夜，佛蒙特的月亮不如夢中所見，網路瘋傳的超級大月亮，紅透妖異，不如更適合成為夢中布景。我佇在涼濕的中秋夜半，對於節慶隱含的煩躁感稍稍平復，或許月亮為懲治我的健忘，於是夢境輪轉一顆召喚恐怖分子的月球，懷著缺憾的恨意，連線異域，把深懼遺忘的心情轉讓給我。

噩夢泥淖著腦海，我不確定徘徊家鄉的颱風是否遠離？

強風吹拂，路樹傾倒，月色隱晦，這些畫面的組構很快地令我疲倦，換了一邊，我又倒向能支撐下一個夢的白色床鋪。

這兒依舊不中秋，遊覽異域的人，倒是孵出了屬於他的噩夢。

雨天裡的普羅米修斯

清澈見底的溪水因數日冷雨而匯聚為一股濁流，在橋墩下方轟然怒喊。行人一律在路上匆匆而過，埋在增厚的大衣中，低首不語。我認出幾位藝術家，但雨水打進眼睛，最終仍舊沒有互打招呼的興致。

安坐在小牛寫作樓（Maverick Writing Studios）。二樓，一側的河水演變為橄欖綠，就只花上一兩天連綿的雨勢，整座瓊森小鎮便已不是最初印象中帶有薄透空氣質感的樣貌了。稍微開窗，雨水中的濕草味、泥土中微微發酵的霉陳氣就低低地掛了上來，不經意地爬進三坪大左右的房間內，趴在桌側檢視我的工作成果。我低頭苦笑，因為天際始終擱置著不散的烏雲，稍一抬頭，淺鐵灰的色澤就足以令人心情不悅；而據說楓紅的季節即將到來，不過眼看幾株染色的楓樹使勁落葉，轉眼隨河而逝，便覺得晴朗之日遙遙無期。

這種極情緒化的感受，基本也只能在這地方潑灑，一個人的暗棗色座椅，一張所有作家渴望的木製大桌子，台燈兩盞。全然的靜默在此地隨侍，我自然想起艾蜜莉・狄金森（Emily Dickinson）長年繭居的生活，她幾乎斷絕與外界的聯繫而至多容許身著白衫的形影在訪客不注意時一晃而過，對於她實際生活的狀態，連她的家人或許也無從真正掌握，這樣不張揚詩人身分的中年女子，毋寧是仰賴房間的細微小物，一扇可窺看外界的窗，一隻瀕死的蒼蠅，一份手作的麵包。她捕捉尚可進入視野的稱之靈光也好的一霎，以筆尖觸及抽象難述的朦朧情感，在無人聞問的時刻，成為某些存在的轉譯人。

愛詩的她是喜悅的，從她少數的信函中得以證明，使渾身發冷震顫的是詩，讓腦中空白一片宛如天靈蓋被不知名力量取走的也是詩。我猜測所有的創作者都曾在某個瞬間被摘走腦袋，等歸還回來時已是另一種氣味或諭示。

一如吸虹河（Gihon River）及兩側的半淹沒狀態的樹叢，它們正經歷著轉換，可能是路過訪客仰頭驚呼的楓紅，也可能是某位在斜雨中尋找靈感的創作人，一種接受此地氛圍淋洗的命定感。

《最後的伊利亞隨筆》中〈藏書與讀書隨想〉，有兩句話熊熊燃起明亮火炬：

> 我們不知普羅米修斯的火種在哪裡，
> 得以讓這個族系的光芒再度燃起。

談論的口吻略微傾向絕望惋惜，似乎凡是存活於這個世紀的寫字行徑，更該援引這句話來自我傷懷。然而，真是這樣嗎？

我將頭探出拉開一半的窗戶，讓雙眼定在變動不肯稍停的水流上，在意念中打撈混濁湍流中的白色浮沫，在這樣的陰雨日，天黑是毫不容情的，一會兒就來。

就在下一波騰躍的河水上漲前，我應該朗誦艾蜜莉·狄金森的幾行詩：

Hope is the thing with feathers,
That perches in the soul,
And sings the tune without the words,
And never stops at all.

前幾日滑翔在窗前的鳥群杳無蹤跡，牠們匍匐在隱密棲地，蹲踞的姿態如靈感，如希望，窸窣地取暖，引吭而歌的信號是每一扇久久未啟的門扇，忽而傳出苦思的踱步。而終至雨停的那天，畫家與作家們將擱下工作，在橋上相逢時，不無得意地宣稱那些日子苦熬的碩果。

這會是堅持傳遞普羅米修斯火種的族人們期盼的短暫勝利。

想像的回音

發現一個長久以來以為已經死掉的生物，再度發現已經被遺忘的單詞，這就像是在破損嚴重的畫上，發現另一個筆觸；就像是被遺忘的故事中，一個句子喚起了回憶。保護物種、保護島嶼、語言復興，這些當然都非常辛苦，因為我們必須消耗非常多能量，用以抵抗熵流。逆流而上、不和熵（entropy）隨波逐流都需要能量。然而，這會是一段迷人、偉大、不斷湧出故事的冒險。我們必須體驗謹慎、用心地對待每天都要經歷的冒險——就像是優秀的森林管理員保護、研究著他的森林那般。那麼，當我們從任何一個島嶼回到自己的家鄉時，用我們自己語言描述的故事將永遠不會走向結局。

——馬歇爾・羅比森（Marcel Robischon）

《從世界變得寂靜開始：物種多樣性的衰減如何導致文化貧乏》

二〇一五年二月五日，佛蒙特州地方報紙出現這樣的標題：“Vermont man who lived simple life leaves millions to local institutions”，報導中指出，這名小氣富翁生前熱愛伐木與投資，死後留下六百萬美元給當地圖書館及醫院。但他的一生，無人知曉他如此富有，只知他極其節儉與拚命工作，包括他的繼子。

這則新聞出現的時機點十分微妙，就在我造訪當地的半年前；而看似普通的新聞內容，實則具有小說的潛質。一位九十二歲高齡逝世的老人，長年擔任加油站員工與大樓警衛，他的外表維持最低限度的需求，甚至引起好心人替他付早餐咖啡錢，只因他們誤以為他付不起。

他的名字是瑞德（Read），捐贈一二〇萬美元予布拉克紀念圖書館（Brooks Memorial Library）。我懷著既妒羨又遲疑的心情，揣測高中畢業的瑞德為什麼做出這樣的決定。一開始我就不打算把學歷、捐贈、富翁這些詞彙關聯在一起，因為它無法創造出更新的意義。

待在瓊森公共圖書館（Johnson Public Library），我端詳眼前的向日葵種子部分剝落於桌面，一種垂死卻豐實的意象，乾萎的總苞及花梗呈現橄欖綠，一顆顆葵花子獨立站好，有些仍緊附於花托，但有不少已徹底脫離。觀念陶藝家杉浦康益（Sugiura

Yasuyoshi）其中一件作品，正是折去莖脈的向日葵花。結實飽滿的種子以同心圓方式向外輻射，逼真程度使人錯疑，這是一株來不及被遺忘的向日葵嗎？

不表現花瓣的燦黃，行將枯槁的植物反倒成為杉浦康益的關注焦點。我以為不必很玄地說出禪這個字，因為生命榮枯，自會勾出傷懷起落。人類並非一無所知，只是選擇不見不聞。所以，親見曾有人把這個訊息帶回圖書館，又特別是兒童，讓我深感心意的貴重。

環視被布置得特別溫馨的空間，並發現專屬兒童的藏書不亞於成人。即便我並未遇見任何一名孩子，我依稀能辨識出空間中傳達的，友善的閱讀逸趣。豪華程度遠遜於目前絕多數台灣圖書館，但素樸的美感伴隨寧靜，使得專注的氛圍籠罩於木頭窗子旁，一對爐火旁的沙發座上，即使是管理員，她的動作也是無比輕緩的。在裡頭坐了一會兒，翻閱幾本少年小說，這便足以使人放鬆得幾近睡去。

這樣的經驗並非單一事件，它持續發生。位於紅磨坊餐廳（Red Mill）正下方的藝術圖書室（Art Library），從某一面看去，是一間地下室，但若從橋上望去，則會見到一個鑲在河壁的空間，正敞著窗，面向吸虹河。以紅橙黃綠的貼紙為區分，歸類不同屬性的藝術書籍。每一區放置的深軟的沙發，適合發呆。我繞走一圈，撞見伊莉莎白

（Elizabath），甫自紐約藝術大學畢業的她一頭極短的髮，始終穿著牛仔褲。我們相見時，只給彼此含糊的微笑，外頭的溪水聲奔騰得熱情，最終見她悄然地走向自己感興趣的那個櫃子去。

我則扶著窗框向外看，凝望橋的上方走過的身影。這條河創造了某種閱讀的景深，它富有生生不息的意興，在寂靜中努力熱情這趨冷的小鎮。倘若缺乏河的餵養或任何一種自然的信物，彷彿會使人厭惡起閱讀，在噪音中逐漸將它棄置不顧。

馬可・吐溫（Mark Twain）創作《哈克歷險記》（*The Adventures of Huckleberry Finn*）、《湯姆歷險記》（*The Adventures of Tom Sawyer*）二部不朽之作，正與密西西比河有密不可分的關聯。小說家本身的養分來自這條橫跨多州，偉大長流的巨河，而在《一平方英寸的寂靜》（*ONE SQUARE INCH OF SILENCE: One Man's Search for Natural Silence in a Noisy World*）這本關心自然消失前的最後樂音之書中，對聲音極其敏銳的作者戈頓・漢普頓（*Gordon Hempton*）發現此中人物安排的奧祕——「馬可・吐溫把他筆下的英雄從男孩變成男人，在靜得令人驚異的背景裡，成為自由思考的獨立個人。哈克獨自在密西西比河上轉型，決定即使會有可怕的下場，也要幫助吉姆。湯姆的轉型則是發生在寂靜的洞穴裡。」

那麼，是否我因而可以大膽推測，後續造訪的梅森書屋和位於瓊森州立大學中的圖書館，甚至存在佛蒙特州內，乃至世界上任一，尚未造訪的其他圖書館，它們創建的目的就在於捍衛起文明生活中「一平方英寸的寂靜」？在物質慾望不斷被創造的時代裡，即使緘默不語，亦可能是狂躁的噪音，那存在於內心底層的，無止境的吶喊。

唯有閱讀得以拯救。

強納森．法蘭岑（Jonathan Franzen）以嚴肅文學為例，「閱讀嚴肅文學會撞擊嵌在生命中的境遇，讓他們非處理不可。而在處理的同時，他們更深刻的了解自己，也更能承受無法完全預期人生的無力感」。理解自己是什麼樣的人，這比起追逐某個標的而令自己成為某個人，反倒更難。這歷程堪比英雄之旅，卻將不會有任何掌聲，因為它如此隱而不顯，在喧嘩如斯的年代裡，已不再有太多人擁有氣力去宣稱自己安於獨處，挖掘寂靜之美，享受閱讀之樂。捨棄了漫長的思考，毫不關心身上發生的事以及它連動的時代變化，我們樂得把嗓子喊啞，把想像無用化，如此就不再感到罪惡自責。

假裝世界為一套堅不可摧的整體，可是，若熵流的現象始終不曾停歇，文化就在每個毫釐的誤差混亂中，一點一點被放開、支離、齏碎。

"Imagination will often carry us to worlds that never were, but without it we go nowhere"

美國著名天文學家、科幻作家卡爾．薩根（Carl Sagan）輕巧敏銳地指出想像力的妙處。他於十年前逝世，我卻絲毫不感到這句話過時之處，中肯而論。他維繫著優秀作家宛如先知的身分，替繞了遠路的當代指引迷津。我們必須維持既寂靜的內在，又不安靜地去抵禦每一則衝突下顯得虛弱的文化。去理解共時之下的其他人，把地域的概念同時跨建於現象界與想像界，允許外在記憶與真實自我的矛盾性，一如那位佛蒙特老翁瑞德。

還記得自瓊森公共圖書館離去的那天，最後闔上的是Clotilde Perrin所創作的繪本*At the Same Moment, Around the World Hardcover*，它將世界上各處一方的人民生活景況互為對照，一頁是白晝，一頁是黑夜；一頁是夕落，一頁就是太陽升起，永遠異質。它不談世界觀或國際觀，但默默閱讀這本繪本的我，自然而然想理解地球彼端的人正過著什麼樣的生活。生活的線條不必然是我得準確描繪的，然而最原初，對於文化的好奇想像已大幅拉近隔閡。

透過字句朝世界試音，敲了一組又一組詞彙，引盪出內在無窮的回音，我們就能再次肯定寂靜的本賦未曾消滅。它令孩子終有一天想踏出一步時，那樣輕鬆地轉個腳掌，就能友善地碰觸到對方的文化內裡，而對方亦然。

所以，瑞德先生如此睿智，將金錢投注給很可能在一生中賦予他平靜喜悅的圖書館，在他長壽的生命盡頭，這是一趟值得想像的冒險之旅。我們還未見到旅程全貌，因我們已在其中。

美國High Way散策

1

的確我感受到雙腳以厭棄的姿勢，反擊著州際公路最邊緣的碎石斜坡道。這是我的美國經驗，走五個半小時去看楓景。

朋友群中罕有人願意一同步行，我明白他們的顧慮，時間太久、路段風景不佳或可能雜以交通上的問題。這些在多年前剛上大學時，聽著一位漂亮女生自述她很喜歡走路，我的反應就是現今朋友們的，內心翻攪著狐疑不解，憋在心頭但幸好彼此都很能忍著不說——走路有什麼好玩的？

我一面自問，盡量讓身體側向幾乎無路可走的山壁。前方路標寫著「限速35」，然而通過我的車速肯定都是雙倍以上或者不只，因為掀起的地面落葉，飄揚起來，在空中轉圈，落地的瞬間覆蓋了我的橘色螢光球鞋。

十月中旬的北美，葉面的色澤是有脈絡的，從杏黃一路滾向血色豔紅，參差的色澤宛若精心安排。在生物學上，糖楓（Sugar Maple）、銀楓（Silver Maple）、紙皮楓（Paperbark Maple）等一百多種，幾乎能自成楓樹「科」，不過我寧可在散步時放棄對生物學理的探究，只想像它們盤據的土地質地如何不同，生長過程中又如何決定運送養份的速度及運用的多寡，葉面光合作用加乘之下，生物維生的歷程近乎神祕卻大體上遵照四季；但色彩的搬演隨興而至，這樣的不一致自然使人安心，反倒允諾著無限可能。

部分楓族高大如兩層樓木造屋，某些優雅悠然如傘，只撐起微微的弧度。風起時，與秋季的陽光互相逗弄，眼尖的人會發現某幾棵樹的葉面前後側轉，每一片葉子以各自的頻率在風中盛舞，巨大無聲的風鈴在僻靜的山壁一側，搖轉著，盯久了，步履幾乎有點不穩，快要偏移向公路那端時，怵然擦身而過的車子或哈雷機車，又以危險的速度感讓人乍然醒覺，繼續上路。

州際公路是設計給車輛的，行走其上當然不怎麼安全，然而持平相較而論，我絕不敢縱容自己橫生憨膽走在即將入山的台灣公路上。過去曾有幾次騎摩托車行經狹仄路段，可緊隨在後的車輛喇叭聲及任意超車，讓人壓力陡增。有時更得留意的是對向來車蠻橫地在過彎時加速，可即使再怎麼氣憤也都只能先求當下的行車平安，趕緊把車頭再偏向山壁。這樣的台灣經驗對照瓊森鎮通往他鎮的州際公路，只顯得此地公路相對安全：多數車輛即便飛速經過，但通常一看到路人，還是會禮貌性地偏向中線行駛。每一步踩向前方的同時，我一度不甚公平地想留心缺失，不過，他們的駕駛的確恆持一段體貼的距離，禮讓行人似乎是習以為常的必要事項。我盡可能邁得大步些，好在一瞬間與素昧平生的駕駛交會，瞥清他們的臉孔來釋疑——為什麼他們不會狂躁地超車？而又為什麼他們不會仰仗車體龐大，傾軋行人的用路權？

我腳板底下的路面若是柏油，則平滑綿延，罕見凹凸破損。外觀上縱使看得出補綴痕跡，卻無夾心餅乾般的脆度。時而我停下來，站在原地用力跺步，一切依然完好。這是貨真價實的公路。

行走得越多，越能理解為什麼美國能發展出公路小說及電影。它身為無機體，卻因為貫徹到盡頭的緣故，讓不平整的人生得以因為步上這種平整之路，彷彿自動多出了可以放空的空間。只是，公路行走也代表必須以裸露的意志對抗漫長的孤獨，我所知的幾部公路電影中，或許《巴黎・德州》（Paris, Texas）的哀傷最為綿長。溫德斯利用地名上的巧妙錯位，讓帶著黑暗之心的男主角在試圖以情感綑綁女人失效後，步上了陽光銳利刺人的母鄉之旅。路途既是追尋又是朝內挖掘深處，男主角踏上的旅程長征，彷彿只為了把內心那條路補完。

他與她最終在鏡中相遇，透視鏡的兩方互不能相見，即便最終想盡方法相見，也顯得這樣的照面心酸無比，注定假造的空間內延伸的時間，碰觸不到最初的原點。

說起公路電影，它是我投射美國想像的途徑之一，但尷尬的是我正好缺乏橫跨美國各州的經驗。轉念一想，最起碼我堅持單純行走能促使一個人透過雙腳開始採集特殊經驗。公路沿途景色會隨著步伐十分緩慢地移動，一定程度後才透出一點點蛛絲馬跡，以長區段的時間換取的細緻，遠非騎乘任何交通工具能比。像是這條從瓊森鎮一路向西的公路，對向河畔旁矗立的小屋，延伸一條枝幹挺擻的林蔭小道。黃葉鋪地的地面，忽見紅玫瑰及米妮氣球高高豎立，湊近一看，兩個寫上生日快樂的立牌，繽紛喧騰的顏色飽含思念及心痛。小牌子矗立了好些天，我連續多日走在州際公路上，每每經過，仍因它特別搶眼的色澤而誘發思緒上的刺痛感。它揭示生命中的無常隨時而至，四周加速駛離的車輛或許沒有機會留意這個私密的傷痛，但作為一位單純行走的路人，我橫跨了十二小時來到此地，或許其中一個目的是為了趕上某個時間點，記得這位女孩。

2

行走時最適合思索行走的意義。

作為人類最原始的行動單位，走路給予身體印記的方式最直接而長遠，好的反饋像是擴增對景致的感受度，壞的經驗像是腰痠背痛。不管如何，這些總和匯集到腦中，使人對於景色的記取不像匆匆抽走的幻燈片；五感齊備的情況下，記憶即使被時光磨礪，日後依舊能全幅展開。所以，脫離大學時代好些年的現今，我才總算能理解什麼程度稱得上是喜歡走路，又因為什麼而喜愛。

極度熱愛到日本旅遊的台灣人，一再回溯描述曾經發生的事件是旅行的副作用。挑選字眼上，散步和散策自然是選擇了後者。來自日本語的文字引致感官上的想像，這可不是隨便散步到附近便利超商，而是規畫好的，彷彿是穿好和服去參拜似地，帶有一種恭敬期待的心情，寺院在山頂，抵達之前，會在某條極致的景色步道上悠然而行，放鬆心情寧靜地欣賞。因而對我來說，在公路上的行走較接近苦行，直到轉入入山的小道，這才稍微接近散策的真義。

一個半小時過去，Hog Back Road的指標提示——向右前行。

第一次探圖索驥時我自作聰明，選擇地圖上另一條更僻靜的Prospect Pock Road來閃避車輛。的確，當我彎入小徑時旋即能感受車輛幾無的輕鬆感，而我也大膽無比地把腳尖對準深不可測的森林盡頭，心率速度興許是長長的上坡或是腦中閃逝的危機感，始終未趨平穩。

「旅行隱隱約約代表探索人生、掙脫工作的束縛，努力活下去。」艾倫・狄波頓（Alain de Botton）對旅行指涉一份想像的指標，他在《旅行的藝術》（*The Art of Travel*）中以福樓拜（Gustave Flaubert）、羅斯金（John Ruskin）、華茲華斯（William Wordsworth）等人為引航嚮導，透露使人深深著迷的新奇變化，會發生在任何一項旅行遭遇的具體事物，一間旅社，一座破落的機場。照此說來，我更有理由在實踐的同時，驗證所見為一首詩自然田園。

就在我途經幾間寧靜而無人煙的美麗木屋後，左方視野忽而闖進一匹花色馬，更準確來說，是我闖進這匹馬的視線範圍。我定睛觀察低頭吃草的牠以及鋸好的木段散落一旁。陽光彼時燦爛，投影在馬蹄周匝，我稍稍靠近了牠，按下快門，留住牠的形影。馬鬃沐浴在光線下輕拂滑動，那自然形成安定人心的力量。如果這發生於台灣，經驗大約是：幾近無人的山陵深處，有一匹馬不受打擾地吃著草，一群黃膚黑髮的人類為了引起牠注意而噓聲四起，加上閃光功能的照相和招呼聲——來來來，快點，換你了！噪音不分有形無形，一匹馬的日常生活就這樣煩躁起來，甚至搞不清該不該繼續吃草？

這種惡趣味的想像只讓它輕輕騰空一會兒，又把它抓了回來，納進掌心。

繼續維繫步幅。

接近半山腰處，兩側林道更加收束，腳下落葉鋪滿泥地，前幾天雨後的積水散落成漥，這一帶樹林幾乎達五六層高，日光屏蔽，暗度與冷意也隨之而來。

一路濕意不斷，而我的嗅覺又感知靈敏，大口呼吸之餘，只得忙著擦鼻水。這麼狼狽的景況，本以為沒有外人撞見。

只是，林徑盡頭傳來落葉版圖被傾軋的刷沙聲，一輛轎車朝我而來，寬度正好占滿小徑。我側身讓路時，透過車窗望見陌生人的微笑。僅半晌，剩下的都又是屬於我一人的山林。

此刻，不須造作去編織一句話，起伏的胸膛需要的節奏，完全能由己心判斷。雖然想坐下休息也行，不過我卻沒這麼做。整趟路程盡可能地保持行走的姿態，隔著鞋子聆聽葉面被腳掌丈量時發出的啵啵碎聲。樹顛傳來的烏鴉叫聲，隨著牠的振翅，一羽黑影迅即消失。

最靈敏的知覺回到我的身上，再幾步之遙，是陽光集中的間帶，復踏幾步，方才紛然透光的又歸於寂寥，像是幻覺。

行至最後，我並沒有抵達地圖上所謂的Great View，因為前方橫亙的木製柵欄顯示此路不通。我不死心，四周看望，唯獨見到兩台車霸據更小的幽徑，略略看望，一個人也沒有。花了幾分鐘想搞清楚路徑，不過夕陽落山的時間更使我焦慮，摸黑闖走州際公路可一點都不浪漫。我想了想，第一次的探險就此打住。

天黑兩個字是字面上的意義，我們都曉得，許多暗下來的時刻並不一定黑，只是人們何其仰賴唾手可得的光源，拿起它朝黑夜一照，這就是了。都市城居的便利，折喪我們對於日光消逝後，天地的想像。然而，我卻也未將它端視得更仔細，只因時間開始吹動我頸項後的寒毛，我急於邁開步伐，匆急地循線歸位。

回程的路上，走過熟悉相似的場域，光線黯淡後竟如幻夢，有些車燈已經旋開，冒險的餘燼宛若夕日尾隨著我，凡我踏過的再回望，僅餘意圖遮掩金浪的灰藍色。我背負著疲倦，雙腳肌肉緊繃不已，第一次覺得路程真有所謂的永無止境。

何時會回到家呢？這樣的心情一浮現，似乎就不像是位旅人了。

直至見到主街（Main street）上的南北戰爭紀念碑，舒緩了冒險的刺激感——過了橋，就是暫居的工作室。經歷五小時的疲倦，散策草草匆此。

晚餐時刻，我呆望著盤中的豐盛美食，凝視湯汁流過花椰菜和對切的小番茄，蜷縮的蝦仁及半開的淡菜，它們諧擬了今天的遭遇。藉由未知去擠壓，精神魂識又膨脹著甦醒了。

走路生涯向來是值得排練的。一小齣High Way探險，幾幕戲分，足夠我初涉秋日之後，力逞剩餘的停駐時光反覆深探舞台中央了。

未曾抵達的，光會記住

大多數的事件是不可言傳的，它們完全在一個言語從未到達過的空間。

——里爾克(Rilke)

妳一定不知道，這是一個什麼樣的地方。

我對著日記書寫，試圖以陌生化的敘事態度，隔開熟悉的俗常生活。即使我已經抵達這個地方，還未來得及跟著增生的經驗，似乎被拋在一個看不清晰的角落中。這需要勤奮的練習，以全副的體力與思緒，裝盛出現在當下的一切事物，藉此才能逐漸脫離因為習慣粗糙而麻木的心智。

我停留在非常表層的位置體驗著異地生活。

駐村的日子像是理想城，幾乎遇見的每一位藝術家或作家對於不必煮飯或處理家務，只需單純待在工作室的生活，直呼是「黃金時代」。藝術家居多的佛蒙特工作室，男女比例維持得很均衡，只是出乎意料的是多半都是已婚身分且肩負養育孩子的重任。少數已經度過養育孩子的艱困歲月，祖母級藝術家們還是會找機會強調她的生命耗費之鉅。

只是無論身分，在佛蒙特駐村生活直接卸除了日常的煩惱，時間大面積地被使用著，像是隨興混入松節油，以刀替筆，泥水師傅手法陳敷而出。除了三餐定時，其餘時光隨興使用。這群人各自帶著嚮往，發展任務。藝術家創作歷程宛若神祕的各自尋寶活動，到工作室開放參觀那天才能知曉。不少作家則帶著完成到一半的手稿，打算密集修改，也有一半左右預計發展一段嶄新故事；七八成的作家以小說為職志，其中三、四人寫詩。

身為集中在一棟工作室的作家之一，我確實難以了解其他人除了作息之外，其心智運作的道理。但每逢晚間八點左右，瓊森鎮上除了一家Bar與一家pizza店仍亮著燈，其餘店鋪早已歇息，彼刻，鎮上的光源仰靠坐落吸虹河畔的工作室聚落來支撐。來自世界各地堅守在自己房間內的藝術家及作家，其發出微弱光源的房間，成為靜謐本身，成為每一輛飛馳經過小鎮的車輛心中的風景。

出於猜想的樂趣，我把想像的繩索拋出，站在橋上遠望昏黃光源包圍的所在。大面窗玻璃隔出我和他者，觀眾是偶然經過的行人、遛狗者，或是如我這般對同行的寫作生活深感好奇的人。他們或許不曾感覺被觀看，因而顯露於外的行動毫不矯飾，直截向外傳遞系列的符碼——他們之中有人腳步挪移，傾斜著頭部，規律來回，像是思考著某個角色，一組意象。亦有人坐在窗邊，把頭靠在棗紅色的單人沙發椅上，手中捧著一本書。若是伏案寫作，那就已躲到光源之外，確然見不到他的身影。不過，這些都屬於我的一時之樂，我未曾真正敲開一扇門，問他正在做些什麼。

這是無法回答的問題，當他們嘗試回想幾秒前的遭遇並試圖描述，所謂真實的片刻已赫然消散。

所以，當我們共處於餐桌上，聊起一日工作所得時，我便難以自抑地想起杉本博司的夙願，假若世界是眾神無目的的遊戲，那麼他希望自己的文章能夠成為一滴慢慢消失的霜露。

杉本博司想破除時間的詭計，於是利用攝影來傳達有目的的理性，靠著思維來創造新的觀知感受。我記得有段時期他沉迷於拍攝博物館中的動物標本，因他驚異地發現透過攝影機拍下的已死之物，透過技法轉換後，栩栩如真的程度宛若消融了時間，重新成為我們眼底的「真實」。我怔然於這種想法，嘆息：人類文明靠著概念的再創造，重新將涇渭分明的事物打散，給出嶄新的詮釋，所以一直朝前走了下去吧！

為什麼自己不曾這樣思考過呢？

杉本博司對於時間的看法，讓我又憶起另一位前衛知名視覺藝術家，草間彌生。她的自傳《無限的網》中提及無數的圓點匯集、延伸為面積，四面體再擴生為空間，創作的動力正來自急欲消弭空間的執念。的確，當我步入展場，黑暗空間中的螢光點點，鏡像玻璃屋中四處折射的彩色光源，從視覺錯位的迷幻中，將人推入一個沒有距離的空間，然又感覺空間彷彿能夠接近並觸及人體一般，空間解散了傳統的定義，它容許穿透。

消融或消解與光線是孿生關係。

另一則有趣的報導則是這幾年荷蘭設計師與美國科學家聯手合作，嘗試從細菌抽取螢光蛋白質酵素，再將發光基因加入液化土壤杆菌，灌溉普通的樹木，讓它能在夜晚發光，取代路燈；日後人們行走街道，遍目所及或許宛如《阿凡達》世界，透異著不屬凡間的光芒。那樣的時刻尚需要多久才會到來呢？科學走到極致是奢侈的浪漫，火樹銀花可能不再是短暫的璀璨，而是陪伴一代人，照亮他們夜晚寂寞的一整列生命。這些樹屆時也會感到吃驚嗎？竟然自己會在夜晚放光？

光會記住的太多，它比任何一樣有形無形的物質都快速。於是，每一位認識過光的人，他的心中自有一段難以篩解的詮釋。

創作者們或許是這麼看待自己，持續燃放光亮，好引出藏匿的靈感。小鎮一間間斗室如蜂巢，嗡嗡聲被蓋在胸膛肋骨之下，拿起畫筆，拿起針線，用刀片割出形體的碎片。打開電腦，有些人追著角色到外太空了，有些人正與夢對峙著——

無時無刻在這個集合發光體之中，總有為之搏鬥的痕跡，終有某時被人發現。

我是如此顢頇，面對里爾克說過的話，抄寫下來，還是不知所措地嘆息。只是我又如此幸運，在此時此地，日以繼夜，我們之中的其中一人，起碼有人，正替未知的時間與空間拉出一塊移動的光暈，為觸及一絲火源來拓充亙長的存有，對抗無常。

寫完日記後的某天，我必然還是不能徹底意會自己曾到過什麼樣的地方。

然而光會替我記住。

初心

或許我早已讓出討論行伍的位置，關於為什麼寫作，寫作對於生命而言究竟代表什麼？

對於寫了許多年的人來說，寫字倘若不是天職，也必然是日課，它潛伏在血脈之中，當你狀似徹底忘了它，它會以某種形式，鬼魅般纏人不放。這很公平，因為創作者亦常糾纏靈感，撒野似地非要靈感作伴才能產出隻字片語。反過來被施以纏縛之術，不由自主地不得不寫宛若命中注定，似乎正是創作者的命運。

事有前因，在真正邁入以寫字為終身職志之前，俄羅斯娃娃套早將最核心的那只往我身上套，我卻還渾然不覺。當我發現時，拿開最外殼的裝置朝內求索，眼前依然還是我，色澤衣裝神情，無一改變。唯一略有變化的僅是尺寸。由裡到外，層層套疊的娃娃依然有個中心，順著核心以倍率擴增，成為今日的我。

關於這件事，我曾與J討論過。

我提及一位曾在美國求學多年，修習電影作曲的好友，她說起自己多年以來，反覆考慮的事情便是，是否要以作曲家為終身職志？

對外行人來說，她擁有極為出色的音樂學歷，亦舉辦過大小發表會。然而，對她而言，這都像是湖面上的漣漪，都是擴散後的事。

何時找到擴散漣漪的本體呢？她笑了笑說，某次聯合音樂發表會上，一位她尊敬的教授在她的曲目結束後，便在其他節目還在進行時，悄悄走到她身畔，對她的曲子大加讚賞。

溢美之辭，留到中場休息再說就好，可是教授卻立即給了我回饋。

她回憶那一刻的眼神陡然露出堅定，這讓我決定日後的路。

於是，你是什麼時候開始決定或認定自己是一位作家？我問J。

在台灣，除非是如雷貫耳的大家，否則年輕一輩多半怯於表露創作身份。我不曉得，也或許只有我如此，所以我得確認看看。與此同時，我想起作曲家好友曾說，在美國，大部分人願意認真看待你身為藝術家或作家的身分，並且視之稀鬆平常。

J想了想，出了第一本書之後，開始收到讀者的回饋與想法，這對我來說很重要。

為什麼？我問。我問的同時，也扣響內在的門扉，既然寫完的書自有生命，披掛各自的命運徽章，那麼作者又該把自己放到哪去？

如果身為創造這些故事的人，都無法對自己這個行業感到自豪，那會很對不起讀者們吧！J給了這個答案。

我斟酌著這樣的看法要影響我多深，一邊不由自主想起過往在花蓮後山讀書的日子。說是讀書、研究，它更像是一條條可檢索，也誘人檢索的回憶。赫赫知名的作家是各門課堂的老師，同學亦可能是寫作上的前輩，文字是我們自願跳入的修煉場，每個人依循各自的經驗體驗火燒、冰凍及各種刺痛。

記得畢業後的某個場合重新遇到老師，他問，對你們來說，寫作是快樂的嗎？

一輪覆以歡快的答案後，老師對著麥克風嚴肅地說，你們都不誠實！寫作的當下明明痛苦得要命，你們卻還說快樂。

根本沒回答到癢處嘛，似乎最後他還加了這一句。

我帶著這個問題，又工作了幾年，嘗試在工作之餘繼續寫作。下了班後，得拒絕不少聚會邀約，命令自己坐在桌前，把水分盡失的腦袋再擰緊些，看會榨出柳橙汁或蘋果汁。懷著害怕的心情，深怕就此淹沒在工作中，然又無法真正享受起創作來。

於是自問，創作真的是快樂的嗎？

隱約浮現的答案使雙手垂軟，真相是，不。

然而移去最外在的因素，幾個關鍵字驟然掉落——可能的成名機會、獎金、關注目光，它們在我的凝視中掉落，與塵泥共在。

轉向內在，我想透析幾個神聖的理由，然而，那也一樣不成立。

對於一件至為關鍵之事，我始終弄不清它真實的價值。而這麼多年來，羅布文字檔的電腦已經換了第三台。點開資料夾，攢積的文字在某個層面上反過來詮釋了我的存在，證明我仍是一位習於以文字記錄及思考的人。

『跟J交談後未久，我遇到另一位創作者——頭髮花白的美國籍作家Tommy，多年以來在醫院的營銷部門工作，工作之餘也從事廣告文案撰寫。駐村期間他重新改寫第一本書Gang Agley的內容，並著手找尋經紀人。正是因為某次閱讀童書的機緣激發靈光，自問，自己何不來寫小說呢？年紀已長的他，跨進說故事的行列。』

我們的創作歷程如此不同，關注寫作這件事卻所見略同。比方某次我們提起創造角色這件事，我拋出苦惱神色，他便接過去，揚言某個說法是這樣的，「你可以汲取某人的幾項真實特質，再加入一兩種創造的，混合起來，攪拌，這樣說不定就能得到一個較可信的人物。」我回應他說，「點子不錯，不過得小心別讓鄰居或好友發現我在寫他！」言畢，我們哈哈大笑。

這也難怪多次用餐時間相遇，除了美食當前讓人興奮，我們的確言無不盡。

不過，提起為什麼寫作這件事，碰巧某次一位自紐約布魯克林區來的作家莫莉（Molly）同桌，她美麗非常，育有二女，外型是典型的帶有俐落氣質的紐約客。

她聳聳肩道，「不曉得，從以前就是這樣，非寫不可。從我懂事以來，我就開始編寫故事了。」

我隨即應和，「沒錯，寫作讓我平靜。」事實上是工作結束後，寫作總令我瞌睡。這個話題出自真意，可是答得輕浮的氣氛中戛然而止。幸而湯米接話過去，沒讓它成為斷簡殘編：「我倒是最近不斷想著，如何保有初心？」

大概現在的我無法說服自己，寫作能帶來純粹的快樂，可是話題轉到初心，倏然讓人想起德國導演文．溫德斯的《慾望之翼》。電影開頭有一段話來自彼得．漢克（Peter Handke），他是這麼寫的：

當孩子還是孩子的時候，
他步履蹣跚雙手亂晃，

覺得小溪就是河流，
以為小河就是大江，
小水潭於他就是海洋。

當孩子還是孩子的時候，
他不知道自己是個孩子，
只覺世間萬物都有生命，
所有生命不分等級。
當孩子還是孩子的時候，
心中沒有思慮，習慣尚未養成，
常常盤腿而坐，又突然起身奔跑，
頭髮亂作一團，照相從不故作表情。

當孩子還是孩子的時候，
他總有這樣的疑問：為什麼我是我，不是你？

為什麼我在這裡，不在那裡？
時間從什麼時候開始，宇宙會在哪裡結束？

這首詩與最古老的情懷連結在一起，力量源自於每個人共有的經驗——人人都曾經是個孩子。

湯米說，出版了幾本書後，某些作家會變得綁手綁腳，失去初心、不知為何而寫。他還未出書，我暗自猜想他正懷著矛盾的心情，準備迎接他的第一本書。

我本欲回答他，是呀！但又覺得失之草率。

決定要以此為職志的契機點，或遲或速，每個人都如此不同。初入行時的興奮心境，揉雜了害怕失敗及渴望成功的矛盾性，承受的壓力或完成作品時的喜悅往往也如左右搖擺的天平，時時考驗寫作者。

出了第一本書之後，乃至許多本書之後，那個端點所問的問題，或許又是截然不同的，也可能還是繞回原路來，一直問著同一個問題。倘若如許認真的逼問，那麼近乎癡心的決定一定會浮現——為了保護最初萌芽的芯，化身為堅硬的俄羅斯娃娃，矢志守護。

我編織手中的線索，認為答案完成在書寫的當下。或者時間讓我廓清寫作本質的痛苦而坦承當年老師的話不假，不過我能一廂情願地認定書寫選擇了我。它擁有一個雛形，那是未長大的孩子一開始都保有的，對世界的好奇，那是想要袒露的心意，那是無所畏懼，那是不特別願望而它就這樣銘刻在胸膛，那是不刻意保暖而想藉著書寫保持甦醒。

或許我不再以特殊的語調談起它，我必須特意平淡，因為這是必須以一生為杖，徐徐走下去才能證實的事。

秋是拿來相見或相愛

秋是捉摸不定的。一旦懷著某種既定想像，注定碰壁。

丘陵蟄伏大半的佛蒙特州，風時而掃過大片平原，晴日的繪彩使人著迷於意義上的遠方。然若遇上蓬勃竄升的氣流，霧壟山頭，不多時，潛移風動，該日的陰沉氣溫便隨之淋沐而下，整座小鎮的土地得承接滴漏不完的冷雨。

時晴，時有魔山幻影，只是對於不想冒雨出門的人，僅從窗口眺望一座座隱約的山，這教人氣悶。腦中擦過一片片爽脆的秋葉，它掃過的每一條路都能聚積豐美的寧靜，這番情景我樂於假設。無數的此際——木製窗櫺遮不了雨聲，反倒撩撥起我的夢。

除了有大筆寧靜用以寫作，佛蒙特州的空氣乾淨得使人覺得不出外是有罪的。為了表現自己不想錯失任何一次機會，私訂的晨起任務就是確認是日的天氣。

一夜露水，次日去嗅聞，光線隔著忒大的紺藍天幕洞照出一圈，使靈魂頓時喜愕的光暈。如果出現此景，那便是可以出外步行的訊號。

這個訊號經常被鳥族啣去，我漆黑的眼瞳隨著揮動的翅膀而益發明亮，深黑之至，照望了覆蓋山稜的成片楓林。赭黃豔火逼宮，綠意銳減，不過我分不清遠近，因為似乎凝神專注，彷彿能盡數每一株樹enc的身世。

年輪何其困難，去暸解一株樹的故事多麼不易，我竟只是隨興地數算，以表現心情的明快。

我是去過了，那遠途的路。帶著簡陋地圖和上回殘存的經驗，彎進地圖上標誌的林道，斜倚在扭曲線條旁的英文指標，轉印在腦海中，怕再次迷不復得路，趁中午吃飯，向同桌問道：想去散步嗎？我微笑地附帶比出五。

J大概覺得太不可思議，於是決定偕行。

二度邁出的行走，步履跟著對話的節奏而輕快起來，我自然是位嚮導，在還顧不上腳痠，只為綿長風景持續奔走的時刻，把話題不時帶向即將抵達的某棟建築隱含的神祕學。洲際公路位在我們左方的骨董店，連接兩棟木屋看來頗有歷史的商鋪，走出一位挺著大肚子的老人，他一眼即看穿身分來歷，揚手表示歡迎。他輕快地開了個玩笑，我開這間店三十六年，就為了等你們來呀！稀鬆平常的美國鄉間對話，俏皮的、溫暖的，與戶外逐漸加熱的日光相映成趣。

成疊水晶杯盤，維多利亞時期的寫字台，空蕩蕩的床架，每一物件均屬家庭必備，也都在人們目光裝填不下的神奇空間，裝入某位先人的遺魂吧？在我們偶然經過的腳步聲中甦醒，以至於驚詫這樣的東方面孔，燃起歷史的深燭，一路尾隨到洲際公路口。離開時，什麼也沒買，在佛蒙特的慾望需求低到灰塵裡去了。

此時，感覺背後伸長脖子的黑色大背包，努力張嘴吞入熱意，讓額間淌了薄汗。小地標出現了，但其實整段路途連一半都還沒走到。忖定得在晚餐前趕回，於是我示意再走得快些，如牲疾行。

人類再如何疾快，對比時常呼嘯著搖滾音樂的車輛，終究是太卑微的自豪。哪能多快呢？腳趾踏出，腳底板貼合，腳跟彈簧般勾起，機械性的動作，疲倦的反應也來得比上次更快。我心底知道痠疼滯留，森林某處餘蔭，亦有一座摯寬的寂靜正召喚我。

如此清晰地，萬物俱在。

我與J有時停下來拍照，周折一番。更多數時刻，步調同頻地朝著我所知的最遠處邁進。感受痠麻恍惚盤踞在腰椎，我們終於在過彎處抉擇了另一條路。那瞬間，確實感受到冥冥中往日英雄歷劫歸來，必須重述那則故事的淵遠意義。凡有冒險，必剛好有一位倖存者，以英武之姿傳遞異世界的信息。我率先走入通往山徑的路，表現得堅定不移，這與之前獨行不同，因杳無人煙的林間步行多半能勾起不安的窸窣聲。來到佛蒙特州的山林之前，每當觀看國外恐怖懸疑影片安排主角步行於森林時，不免嗤之以鼻。尤其導演偶爾安排手持鏡頭，在主角奔跑時，觀眾亦跟隨鏡頭左晃右晃。瑰麗風景成為逗馬宣言的實踐場域，故事可以拋去，情節亦是，沒有誰的人生應該打光，悄闃之中，無聲的激烈便完成了。

真正攀登之刻到來前，眼前出現一列人等。定睛一看，是駐村的幾位藝術家，他們踩著陡坡下山，我跟J向他們打招呼，未知是腦內啡還是因為荒山難得見人，明顯地他們聲調充盈激昂。問起還有多久路程，他們指著樹上的路標，給我們指路。

回頭見日頭，薄弱許多，斜照林間的幾束，讓格紋襯衫上的路徑漫漶起來。

趕路起來，沉默居多，幼小松鼠發出宛如鳥鳴的聲音，被我們尋了著。牠驚惶四竄，身形比一般台灣可見的松鼠更嬌小，牠一會兒攀過傾倒的斷木，毋須多久，就趁機爬上枝梢。我仰頭看牠，牠手中抱著松果，不覷我一眼。

輕輕跨過牠居留的腹地，更覺林地寂靜之至，向上攀登的路徑不明。

這或許才是正常的。

沒有太多登山客跟你搶路，打亂你呼吸節奏向你問好。

舉目所見，僅有幾管樹幹上塗的淺淺白色直線，稍不注意，便會迷蹤。清水和巨岩恆在，即便迷路也是可以的，我對自己說。一面呼吸縱使迷路也情願的空氣，不由得喟嘆台灣的髒濁空氣，隨便哪一天向稍遠處眺去，背景最遠處有什麼？沒人知道。藏在高聳大樓後端的，超過三千公尺的山脈陣勢不曾背離；只是，台灣人極少相認。

活在都市內，仰賴的是賭命式的好運，看誰能在PM2.5的世紀威脅中存活下來？強迫健康厄運中獎的惡質工業，連體嬰似地無性繁殖，比人類更長壽。一切的後果我確信是所有人健忘愚顢，誤以為某一天山會走近我們所致。以往，對於汙染我似有所覺，但在佛蒙特州的寧靜散步終使我驚醒。

陡峭之坡令胸膛劇烈起伏，思慮卻清晰無比。

總算，我能放心地劇烈吸取空氣。空氣宛若清涼薄荷，肺部擠壓到身軀內的綠意漾色，超乎意識思考，而僅是本能地呼、吸，成為與土地共振的生命之一。秋意並不遠，我向群木借道，每次轉換吐納，躋攀迴轉的路徑就豁然一分。

耐心留意腳下，在最劇烈喘息時，坡道無路可走。從極高聳的岩崖往下望，某塊岩石成為勇氣的瞭望台，窮途而見巨燦的河水，宛如晴日銀河，無數林木在下方聚散有序，黃紅紛然。那刻，留念不留念，似也無妨了。

不過，當下我與J還是興奮得猛按快門。極其喜悅的情緒中，夾藏了一絲寞然的遺憾，或許是這樣。

我說或許，因為彼時覺得返回小島仍是很遠以後的事。

那天下午，島嶼之事被拋諸腦後，所有繁雜得絞痛人心的在微風勻拂下頓成齏粉，溫柔粉碎了共生於記憶中，那些並不怎麼動人光彩的記憶圖像：煙囪斷肢了，電廠粉碎了，細如魔鬼的毒害碎末，被收回神燈中。

站在毫無建設建樹的廣袤自然裡，我私自認定願望是有神力的，饒被祝福。能使我們平安穿過返途，與夕日落地競速。

徹底黑過之後的某一日，但願能情願相認，能使全心所愛，與我相見。

靈魂的礦山

佛蒙特工作室，入駐的藝術家群體轉出和遞補，每十四天撼動一次，宛若細微的地層移動。

日子靜好，各人專注於砂礫上的形狀與變化，因此不甚留意穴外情景。況且，某幾位離佛蒙特不遠的藝術家，選擇開車前來，不在接駁車固定班次之列，於是許多告別的機會，就在早餐咀嚼時，臨座才在對話聊天中穿插一句，「半小時後離鎮」，這般幾乎不能像是告別的句子。

極其怪異的，既不特別傷感也不至於冷漠無情，各自盤中的食物逐漸遞減，露出純粹的空白，一些油漬在上。單純一塊無人照管的情緒。

好了，我得回去工作了。不知是誰，可是風中傳來的引信鬆動了每個對話串的結構。驀然，好幾位站起身來，進入益發寒凍的戶外之前，帶一杯熱咖啡，壓低帽沿（服膺多數小說情節的必要細節），匆匆邁大步而去。

一刻不到，餐廳暫時歸於靜謐。

我記得是那樣的時機點瞥見了他，顯然是近日才出現的東方臉孔。我慫恿J去打招呼。

「我認為他是大陸人！」

「不一定吧，說不定是華裔。」

的確這不好說，在輪廓深邃的地帶生活得越久，辨識東方臉孔竟隔閡生疏了。

他們在餐盤回收區碰面，J比出邀請的手勢，謎底不需費猜疑，他的口音說明他的來歷。他是畫家，孫紅賓，久居北京，此次獨自前來，待兩週。

從最想聊的開始，一擲球就碰觸政治，相同語言的礦層輕輕發出繃的一聲。

他說，「在大陸是不會選在餐館談政治話題的，敏感。一言不合就可能去外邊解決了。」

至於嗎？

「妳不曉得，大陸不知有多少人還是覺得共產黨好啊！光是普通計程車司機，他們可是繳納了40％以上的稅，但仍舊不會說黨的壞話。」

我坐直了身，覺得實在神話。

孫紅賓大概是看舉座不信，就繼續提起共產黨的洗腦之厲害。他提及人權，「對於一個人來說，黨的管控的確嚴密。大陸的反動分子們，一個勁地罵中共，使勁罵，早期艾未未或現在定居國外的余杰。可是，這方法是老共教給他們的，洗腦教育就這麼教，你怎有辦法呢？說到底，老師如果還是老共當局，怎都打不過的！」

「異議分子不就永遠邊陲化了嗎？」我問。

舒出一口氣，他說總得想想其他方式，不是這樣擂鼓喧鬧的。如果持續這樣搖旗吶喊，肯定沒太大結果。不過，像是甘地、金恩博士等人，他們都是不流血抗爭。可能這是個辦法吧。

他說得不怎麼肯定，卻明白揭示——鬥爭路上，耿介的理想主義者，注定有太多苦頭吃。只是，這麼多年來，中共迫害人權和異議分子，即便國際介入抗議，也是鞭長莫及。

他的政治敏銳度比我想像得細膩通達，這是實情。

明白現況的人，尤其清醒。他說像他一般想法的人，在大陸確實存在，只是稀少。

知識分子在大陸，關心的事也各有不同。他的本行繪畫領域，這幾年則炒出不少熱錢來，這是我幾天後問到的。

中國藝術家是冰火兩重天，他說。

原來政治兩岸日日如八炎火地獄，國內不也時常位移、斷層？

在我問起中國藝術市場後，他直覺地喟嘆：「啊，那是很大的啊！天價藝術家像是李梵志，拍賣一幅畫《最後的晚餐》，成交價兩千多萬美金。」

我訝異於中國這幾年瘋狂炒藝術的行徑，富豪投入天價買一幅畫，既可以避稅，進而找時機進場賣掉；國家來查，就說，這是我賣畫的錢。

多狡猾啊，我以為的藝術，渾然不是那樣的。

「這國家的人盲目地相信，樂觀地認定我只要以天價買下這幅，改日一定又會水漲船高。」

本要作瞠目結舌態，可是又覺得不必。

孫紅賓淡淡繼續著：「藝術市場背後很複雜的，你實在弄不懂背後的意義，因為你就是不清楚哪個藝術家背後收了什麼錢，即使他的作品並非是高價賣出的，他也得了很是不少的好處。」

藝術品與市場，永遠無法恰如其分地放在同一天秤上，我聽著孫的詮釋，逕自想到砧板上幾幅有話題性的畫作被壓在刀口下，它懷著不被理解的憤恨而吶喊，不過刀光無情，支解異化完畢，畫作不再活跳跳地具有生命，確實像是商品，可以斡旋價格了。每發生一次，它就被歸類到某個龐大的價碼岩層中，不依循年代，而是現代資本迅速累積湧現的新秩序。

畫筆理應自由飛奔的藝術家，從某時刻起，他們創造的畫與價格緊緊相連，於是最終他們作畫的意圖或過程都繫上傀儡絲線，每一筆彷彿預示著匯入熱錢潮流的一幅拼盤將被無所不在的資本主義擁抱，或是銷毀。

瑞典文學院前任祕書長霍勒斯・恩達爾（Horace Engdahl）於二〇一四年發表了以下的言談：擔任諾貝爾評審委員的他擔心「文學」與「以商品之姿出現的文學」之間的界線已經被抹去。他說：「我們都用同樣的觀點來談論所有出版品，文學評論甚至更糟。這樣的改變，邊緣化了真正的好作品，並不是說讓好的作品變得不好，而是它實際的地位已經不同。在從前的文學界，那裡有高山和低谷；但如今文學的前景就像是群島一般，每座島嶼代表了一個獨立的類型。所有的作品就這樣共存混合在一起，無法分出等級層次，也沒有一個中心系統可言。」

我尋思孫紅賓口中的中國藝術圈，乃至歐美主流藝術圈，是否也和憂心忡忡的恩達爾所見的文學圈有著雷同的問題？

那已然不是岩層輕緩挪移，而是劇烈的地殼變動。只是我察覺到矛盾——這時代畫出現實的版圖了，因為無限大，所以無論做什麼都得碰到它。接觸得愈頻繁，是不是頭骨、肩胛骨、脊椎、腿骨都纏上了隱形咒線，幕揭，台下暴烈的掌聲也成了創作的一部分？

畫家Rebekah JoyPlett說過這樣一段話，使人心折：「你從獨立藝術家那兒買到的，不只是一張畫、一本小說或一首歌。你買了上千次的失敗和上百小時的實驗。以天，週，月，年計算的困挫，以及分秒的純粹喜悅。你買了得以繳房租，足夠吃飯的錢，夠餵養小孩鳥和狗的錢，化成的夜夜煩憂。你不是買一個東西，而是一片心，一部分靈魂，一個人一生中的真實時刻。更重要的是，你為一位藝術家買到了更多可以投身所愛的時間。他的所愛，使伴隨前述而來的恐懼和懷疑值得。他的所愛，使生命活起來。」

世間本有太多可供攀附的事，我們經常冠之以夢想，卻未能足夠堅強，抵抗眼前可以輕鬆獲致的標籤。無數從腦海中倒退的是一幀又一幀尚待完成的作品，無論它最終被完成的名稱是什麼，有些人選擇以奇才之力推動板塊，引領一世代的劇烈變動；有些人圈限自己在某種材質中，斷層後，被擠壓到永不抬升的最底層。

孫紅賓揮手邀請我們到他的工作室去。髹上白漆的工作室，擱放了幾幅作品，他拿出一本攝影集來，天際紫藍、綠螢，中心位置始終有一棵擺盪的樹，充滿水墨畫的氤氳美。

他知道我的評價後笑了，「妳知道嗎，這一系列作品是北京霾害下的風景。」我出於震驚又翻了一次，他補充說道，「自費出版的，一般來說大陸很少出版社願意出這種。」

孫生活在污染嚴重的北京，以當時當刻的肉身，記載了當局避之唯恐不及的真實；而背後醜陋不堪的真相，再如何發人深省卻顯然不能賣錢。

甚且，它如果熱銷了，大概會被中國政府視為一種挑釁，擺明要跟「經濟進步」對槓。

那天，在場的三人與世界中心的熱錢一點關係也沒有。只是各自沉思起來時，眼神透出靈魂的精光，幽微曲徑直通藏在靈魂背後的礦山。開始創作以來，每認識一種奇特的想法，就不自覺碰撞、位移，哪日坍方也是有可能的。不過，正因為我們一無所有，故很快地又能從心底醞釀爆發的動能，重新逐時造山，假以時日，矗立成無人知曉精神世界。

總有真正屬於一件新作品誕生的那刻——心底昇起的純粹感頓時占據一切空間，成功將現實功利主義擠出場外了。

炭跡

我的指尖沾附炭粉，隨即選擇將它塗上釘在工作室牆面的素描紙上。

駐村即將結束的某日早餐時間，祖母級畫家珍（Jean Lijoi）隨口問，有沒有人要跟她一起去人體寫生？對於未曾真正進過人體寫生教室的我來說，這確實使人心動。

凡是外在顯像都會對心靈產生干擾波，相對來說，繪畫、音樂無國界的特性更甚文學。文字創造的世界，對於作家來說，一旦更換場域地點，他便得面對養分轉譯的挑戰。

直觀，則是繪畫賦予的優勢與特權。囿限在文字圈太久，我幾乎忘了持起畫筆的樂趣，而先前與幾位藝術家的交談得知，好幾位是能夠跨領域兼擅繪畫與文字的能手。其中一位駐村作家的大學主修是藝術，另一位以工代宿的勞麗（Laurie），一面在大學兼課教視覺藝術，一面寫詩。對於美國藝術家來說，跨領域是相當普遍的事，我從他們稀鬆平常的言談態度領悟到自我圈限的危險。

好啊，我答應了，並感激這時猶未晚的邀請。

位於「沃甫．肯工作室」（Wolf Kahn Studios）內的寫生教室，上午九點到中午十二點固定有模特進駐，男女各一，持續到週五。藝術家之中熱愛寫生的人不多，不過當我進入時，已有五六位畫家擺妥各自偏好的畫材，單憑畫布上幾刀油彩，看得出功力深淺。我則接過珍提供的紙和炭筆，坐在頗有歷史的畫架前。

光頭中年男子擺出姿勢，周圍的畫家時不時提出意見，我猜想極端迥異的位置或許還是會對專業畫家帶來不小挑戰，於是姿勢擺定後，依舊得微調。

並無這份苦惱的我，將自己視為無知者，全副氣力花在適應炭筆的質感，它的柔軟及線條的變化端賴指尖，用眼神描摹光裸的肌膚，立體的人體要服貼在平面的紙上，必須極度凝神，透視包覆的骨骼，想像肌肉肌腱如何包覆，使得一個人經過半生歲月後，能在我笨拙的努力之下，卸除偽裝。

中年男模特是當地居民，平凡如我們每一位，隨時會被匆促生活掠過。之所以如此用力，看著他是由於我必須極盡可能對皺褶臣服，凡關節拗屈都得當作畫面中的重大事件。模特兒一開始每隔五分鐘變換一次姿勢，之後才是每二十分鐘定點。素描的人得判斷速寫該多快，單一動作又該怎麼交代細節。

每張畫面的差異，映照出每位畫家眼中的世界觀。人的奧祕幾乎足以含括一個世界，一個時代。只是我未曾想過，素描能令人徹底專注，當失誤發生時，眼神也隨之更加銳利，意圖動用更深層的眼部肌肉，協調指節甚至肘關節，微傾上半身，在畫布與模特兒之間撐出張力。

拾起一張空白畫紙，嶄新的一張與上一張的差別在於我不確信這次是否會掌握到他的形貌？還是扭曲了身體比例，把他畫成一個變形的怪物？

這種趣味僅限當下，幾筆過去，我便逐漸知道他會是什麼樣的形體。單純地觀察是樂趣最大來源，深深看一眼，完成某部分輪廓的過程，篩去雜念，評價後退，好惡後退，那些反覆出現在書寫過程中的，在素描的每個瞬間竟不復困擾。

專注享受樂趣令時間如此輕易被榨扁。

坐在我身後的珍嚷嚷——她要回去了，累死了！

她順道瞥了我的畫，放聲道，you're great！

我轉過身去看著她，我猜我雙眼放光。幾位湊近的畫家，他們基於一份陌生的友好對我微笑。我藉機觀賞其他使用粉彩或油畫的寫生作品。珍習慣使用數種明亮的粉彩筆摹形，我看過她工作室中大量的素描作品，知曉她下的功夫。在我嘗試人體寫生之前，工作室開放日我亦見過以毛筆作人體寫生的畫家，問起她怎能如此栩栩如生，一頭灰髮的女畫家聳聳肩，「我可是練習了三十年！」

我明白自己正體會新手的幸運，直觀洞察予我啟示，勇於嘗試能回報絕對的快樂。

妳有天分，珍甚至在那天午餐仍大方地對其他人津津樂道。

這種不切實際的稱讚遠比任何實質贈予還能喚醒沉睡在心土的碎片，我默默領受寬厚的慷慨，看著那位素昧平生的男模特背影，就這樣定止在畫紙之上。

《午夜巴黎》的電影配樂響起，伍迪・艾倫嚮往的一九二〇年代，名響後世的畢卡索、海明威、費茲傑羅輪番現身，那是文學藝術的黃金世代，即便到現在都如是。

只是，這次我未必如此羨慕了。

擦去最後的炭粉，一方小小的工作室和一座北美小鎮，一段純然自由的時光，藝術家與作家身影交疊為生命的秋實，炭筆留跡，已將二〇一五無愧為我的黃金年代了。

不枉他方

哈金（Ha Jin）於《在他鄉寫作》引述心儀的小說家奈波爾（V. S. Naipaul）寫在《抵達之謎》的一段話：「我想像某些宗教儀式，他會被善良的人們引導而不自覺地參與，然後發現自己成了預設的受害者。在危機時刻，他會遇到一扇門，推開，發現自己回到抵達的碼頭邊。他被拯救了，世界仍是他記憶中的世界。只有一樣東西消失了。凹進去的牆壁和建築上沒有桅杆，沒有帆。骨董船舶已蕩然無存。旅行者走完了一生。」

我留意其中苦澀的成分，使人垂首緘默。一位旅人存在於他方的意象，詩人韓波以降，小說家米蘭．昆德拉將它重新置入小說後，商人將它轉印到抱枕、馬克杯、筆記本、海報封面，颳起台灣市場的文青風。旅遊節目將鏡頭轉向遙遠國度，困於閃爍電子訊號前的我們眼見宮殿廊柱、壯麗峽谷、古香街衢；卻不見偉殿另一方是廢墟遺址，淵谷的底端有氾濫河汛，歷史古城藏著貧窮的近鄰。出生以來，我們對原有故鄉的依戀隨著年紀表現出躁動不耐，彷彿更值得過的日子單單賜予了遠方。

即使未見得認識長養自己這塊土地上出現的植物，仰望一棵不知其名的樹，亦會騷動起底層的想望——如果它隸屬於非洲大草原，塞納河畔，任何一個聽起來足夠遠的所在，都抵擋不了遙遠煥發的魅力。類比其他偶發的事件，在面對升大學的嚴酷考試期間，嘆口氣把自己送往無法抵達的某處——啊，如果我現在在那就好了。在那個不知名的所在，彷彿就能變得無所不能，聰明穎悟，行事俐落，連墜入愛河也顯得格外浪漫。

只不過，那看似雄心的實則極冷淡，少年時代聽過「生活在他方」的人，不少人最遠處僅在海灘繞繞，並未將雙腳踩進海水裡。

更別說是揚帆。

世俗如此敏於扭曲真知著作，使洞察鈍化為一句口號。搖曳的船身不能令人愜意地感受勻靜，出發其實是這麼回事：各種形式的移動，沖上岸時，最輕鬆成為一趟旅行，其餘演化為去鄉流亡，或刻骨地蛻化為另一國的人民。回來的選擇，不多。

抵達之艱難曾刻在當初啟程的船艉，甲板上潮濕的海風吹來各域的信息，當然也有新世界的。落腳新的國度是冒險者基本的得益，當異鄉日光折射到眼前，選擇的模糊性驚人渲染出起初的喜悅。只是，繼之而來的是迥異的氣候、風俗，聞之耳聾的異鄉語言，心中總算明白為什麼前人窮其一生想建造巴別塔，他們妄想挑戰令人發笑，而冒險本身不也亦然？

駐村是介於旅行和定居之間的小小妥協，對於渴望擁有安靜時光創作的異邦人，前往異地的意義之一，擱醒沉睡的異質性。

縱然以為自己還可以做到盡力不與世界妥協，然而我錯估了全球資本主義暢行所帶來的無國界假象——使用其他國家的語言，等同於國際觀，這是過往教育隱形傳授的錯誤密信。我們各自拆閱，羨想著有群人不必學習他國語言，便能逕自攀上自由女神像。

念頭退潮，多年後，我搭上駐村列車，短暫成為無國界的一員。在抵達之前，我設想出現在我面前的創作人將來自世界各地，我們將在這種特殊的機制下，站在文學或藝術的版圖上，為對方指路。

這是一條長路。

引薦這座島嶼上的作家時，餐桌另一端的作家瞇起眼來，他略為尷尬的神情，表示他一無所知。我安慰自己：至少他沒把台灣和泰國搞錯。

幾人起身去盛甜膩的草莓奶油蛋糕，我又住盤中的沙拉和麵包，不塗奶油也不蘸醬，木木吃著，腦中的兩種語言正在打架。到佛蒙特數日後，最常衝擊腦容量的是暫歇中文使用權，為英文另闢疆域，盡可能找尋說話的機會。

偶爾我流暢，友善的作家和藝術家，總會碰到幾位，他們便大力稱讚我，英文說得好。只是，模組很快用光，字彙彈藥庫空懸，我走到書店，買一本當年度的最佳短篇小說選，返回坐在工作室裡，逐行讀。盯著，歪歪扭扭契入，過去習以為傲的語言能力，在英文小說行陣中感受到的是寂寞。

交錯飲著咖啡和蘇打水，我猜想哈金、納博科夫、石黑一雄，這群自願移民或被迫流亡的作家，順著潮勢上岸後，他們如何寫作與生活？又或者，前蘇聯作家索忍尼辛被迫流亡美國時，他如何在遠離家人的孤寂之境，寫下始終不改的良心真言？冰炭交錯時，黑白匯流到掙扎難忍時，前往他邦，定然是不枉的嗎？

過往，我並不特別留意流亡作家的確切落腳處，現因駐村之故，當查詢到索忍尼辛定居於佛蒙特州的卡文迪希鎮（Cavendish），距瓊森鎮約兩小時半的車程時，忍不住大呼不可思議！鎮民在忍尼辛獲得諾貝爾文學獎的肯定後，一致決定將一間石屋老教堂用於設置索忍尼辛的展覽館。我深感不可思議的倒不是鎮民的決議，而是非自願身處異邦的索忍尼辛，從一九七六年起至一九九四年，竟能熬過漫漫十八年，堅守當年的誓言——我將活著回來。

寡居於清寥的小鎮，若又不願花時間經營他鄉語言，過於龐大的孤獨感必定堅若磐石。索忍尼辛畢竟不是出於自願交流的心意，然而被迫移動的經歷卻也促使他寫出比鄉愁本身更好的作品來，透過作品重置空間，沖淡無法歸鄉的痛苦。

是否以非母語創作都屬艱難，這與正確無關，作家的使命有時是無根的，他為著一個跨越國界的理念而奮戰。

只是，我亦確實敬佩所有滯留於異鄉的靈魂，無論他的形體是否被迫移動，幾乎某個抵抗的理由而自願放逐，他與停留在家鄉的創作者純以語言打造了一個共同的國度。

豐碑早已替值得的人築起，成為我在駐村期間讀不到中文書的一種懸念。我矛盾地盡可能一日比一日親近異國語言，在聽得懂的對話中大笑，又一面替久居國外的友人們默想塔可夫斯基（Андре́й Арсе́ньевич Тарко́вский）極端的話，「鄉愁，用俄羅斯語來說，就是一種絕症」。

印象中，撇除犯罪類型，美劇日常畫面經常出現一個個閑散的人，此地差不多是這樣的，優閑是武裝，要隨時抓在手心，因為這兒是世界中心。未料，標榜無國界的虛幻性一顆顆迸破時，我正待在鎮上的收銀台，分不清「角」和「分」，對一堆美國硬幣苦惱著。

Hi，Yu-Hsuan！對向櫃台有人喚住我。轉身看，是藝術家中唯一問起我中文名字怎麼發音的卡洛琳（Carolyn）。我把她的名字盡量唸得正確，問她今天創作進度如何？順道把好不容易完畢的找零工程告一段落。

她眼角的皺紋笑得好看，我們並肩走向往工作室的路上，心想自己比索忍尼辛幸運。稍晚，廚房供有熱騰騰的晚餐等候一干藝術家，餵飽迷失，讓曾在創作時迷入岔路的異邦人，不枉「他方」。

人生滾滾而來

當你坐著和他人交談時，你是孤獨一人——他們也是。無論你身在何處，只要在黑夜裡坐在自由燃燒的火焰前，向來如此。你說的話、所想的事，除了你自己以外都算不了什麼。世界在那裡，你在這裡——這是唯一的兩極，唯一的現實。

你在說話，但有誰在聆聽？你在傾聽，但有誰在說話？是你認識的人嗎？他是在談論星星，或回答一隻無眠鳥的安靜問題？想想這些問題，手臂抱著你的膝蓋，盯著火光和邊緣的餘燼。這些問題也是你的問題。

——白芮兒・瑪克罕《夜航西飛》（*West with the Night*）

之一．戀河

「茶屋附近有座瀑布！」十月中某次午餐，勞麗這麼說。

我捕捉到這個關鍵字，拿了隨身攜帶的簡版地圖，讓勞麗標下記號。

在這座鎮上活動，全靠著幾張比例尺嚴重偏差的地圖行進。上回才聽了珍的建議，走向通往佛蒙特小學的路徑，前方深咖啡色原木質地的建築宛有百年歷史，自遠處看是一棟開放式木屋，只消稍微靠近，很快就發現它供以通道，事實是座有頂天木橋。

橋面人車分道，可是就是走在車道上才過癮！走入後，發現木牆上有幾處塗鴉，誰愛誰的愛情宣言。能夠看到留言的大概僅限小鎮居民。忙著趕路的途經旅人，他們只會留心對向來車。最後一批見證者是如我這般的駐村者，不在意迷路，也缺乏趕路的理由。

橋的另一端接上一條彎折而車速頗快的道路，難得一棟舊紅色的雙層木屋就這樣棄置於河流旁。俯瞰連潺潺聲也沒有的河水，我懷疑瀑布在哪？還是再走一段吧，雖然這麼打算，不過迎面過彎的車輛來頭不小，速度也快得像是沒有人行走在路上。左側斷續出現的河川和莽雜的灌木植物，在日頭稍歇的天空下竟有點詭祕兮兮。

一道斜緩的草坡然倏被餘光抓住了，睜大眼睛走近，北美楓紅夾岸而立，所謂的淨水在盡頭處因為亂石磊磊而水花激嘩，微妙的寧靜極其豪奢地攤開。水畔有屋，依傍石面而建，我以為無人居住，但事後發現不是。

然而，只要這一帶沒有其他人出現就可以了，每到這種時機點，私心總竄得特別快，我認為這是反向補償，過去幾年生活在重度汙染的土地上，靈魂乾癟，因而見到無主麗景便耽於享逸。

我感覺咽喉張開，卻沒想發出什麼聲音，只是踏在一顆石頭拍下一張照片後，又迫不及待把腳遞出去，讓下一塊布滿枯枝的地面承接我。

佛蒙特季節刻度是深秋，清澈無比的淺溪卻望不出幾隻魚，此際電影《大河戀》那條始終晶瑩閃爍的大黑腳溪一瞬間錯位，慣用fly-fishing技法的釣客，揮到空中的釣線拋出一道詩意的弧線，勾扯出一九二〇年代蒙大拿的瑰麗風景，MacLean家族的牧師父親、諾曼與保羅，透過這種看似休閑的活動，各顯身姿能手，在偌大溪水中定住一席之地，探詢生命值得等待的收穫。

又一眨眼，我知道這是過於寧靜的幻覺，因為佛蒙特在東北，而蒙大拿在西北，唯一相似是緯度相去不遠，景色有相似的重複性。

然而什麼也沒有的我，無魚可釣，無舟可乘，就以雙瞳為網，日光從不同角度輪替撒下，沒把握地拿捏著，深深相信眼睛與頭腦，收下一份以時間來換取的禮物。

存在於相機內的影像，我也留了，不過心中知曉這只是一種保險。回到真實的鄉里或工作的場域，任意將水霧中的淺流美景展示出來，疊印在心頭的會是鄉愁，與其複習無人能領會的寂寞，不如現在好好欣賞。

那麼，就作為不牢靠記憶的保險櫃了。我老是在回憶時赫然察覺遺失甚鉅，或終於坦承對某些事一無所知。即使如此，我還是能夠像《大河戀》中的人物一般，全心全意地去愛，尤其對於不可逆轉，堪可憐愛的事物。

耳畔響起的激盪聲無一瞬止歇，我的記憶輪番流進又淌出，時不時落下的黃葉，捲到渦流之中，盤旋打轉，每一葉都有逗留的時機點，端詳許久仍算不出規律。生命中難以歸類的小事，亦由庫存區散落委地，沒有人照看，它們在異地被想起，依然不怎麼得意，不怎麼歡喜。

我在想像它們能當水漂兒擲向水面，這即便耗去一下午都不會令我埋怨。直到雲厚重起來，時光無言的催促襲來，我慢慢起身，雙腳有些麻。通過河畔的木屋，看見未掩的門後有堆滿牆面的木材。

啊，原來有人住在這。

《大河戀》末尾，垂垂老矣的保羅顧盼無親，釣魚成為獨自緬懷親人的儀式：「最後所有的事情融合為一，成為流動的大河。古時候的大洪水創造出河流，河流沖刷著古老的岩石。有些石頭上有不老的雨水。在石頭下有字。有些字是他們擁有的。那河水永遠縈繞我心頭。」

繞過那戶神祕的住家，我離開那條河。它是我不知其名的千百條河流之一，我只在秋日時見過它，但這又有什麼關係？透過回憶的引渡，它隨時又將被我召喚而來。

之二．失蹤的瀑布

在佛蒙特駐村的最後一日下午，所有的偶遇都必須拓張為必然。於是我、敬堯、紅賓決定一起搜索勞麗口中的那道瀑布。

這一個月反覆行過的所來徑，步履其上，偶爾會遇見路旁兩側的住民，多半是獨自一人，與他們有短剎的交會，情景通常是正準備帶出去遛狗或已經結束，瓊森鎮的居民大概都喜歡大型犬，活潑巨大的狗興奮地想朝目的地衝去，主人通常對我露出既好笑又不好意思的笑容，拉牢身旁的伙伴。

於是這條路時保寧靜，諦聽萬物同在的聲響是一己樂趣所在。不過，有速度一致的同行者，倒也別富意義，因為喧囂的意志與記憶有路可去，即便這條路徑的景色終趨淡薄。

十月下旬的佛蒙特悄然進入蕭索的風情，我們三人行走著，轉進熟悉的岔路，再次來到蝙蝠茶屋前的黃葉地。大量鮮黃的落葉在凍冷中蜷縮成偽裝壞死的蟲屍，宛若成為一條指引的道路。

敬堯指著前方某條路，紅賓拿出google map，他們展現勢必找出瀑布的決心。也對，斷斷續續，為了尋覓瀑布，徘徊這一帶已有四、五次之多。離開前夕，天際微透光芒的午後，彷彿是個吉兆，於是進入還未深入過的地帶，連帶使人幻想必然可以找到。

漸聞水聲潺潺，來到低窪有水橫過的雜木區，三岔路使人困惑起來。一支當地的女子慢跑隊帶著吆喝的口號，越過我們，向左方奔去。沒多久，又是徹底的靜默。

走左邊吧！

不約而同的默契，服膺著網路的指示。兩側景色在通過茂密樹林後，很快開闊起來，低矮扁乾呈現橄欖色的芒花、灌木，風吹窸窣，真冷！陽光從頭頂照下，我們卻還是得拉緊外套，就在那時，另一支男子慢跑隊與我們迎面相對。從髮根滴淌的汗水，蜿蜒到臉頰，可是無人停下來擦抹。猶是青春正盛且體力無限的年紀，為了某種目標得以凝聚全身氣力衝刺，腳下揚起的灰塵不管沾到自己或身後的同伴，仍卻不減損持續而美好的動能。我們舉起手示意，這次，終於有機會面對面說聲嗨。他們飛馳通過我們，一端是青春煥發，一端是不得不脫離青春屏障的創作者。

事實上，凡是有意創作的靈魂，很早便與青春稍作距離了吧？

正當這支緩慢的隊伍還想持續前進時，卻愕然察覺步行時間遠比想像得更易流逝。

可是，依然尋覓不著地圖上看似顯而易見的瀑布。

最後我們做了決定，若過了這個小坡仍舊無法遇見，那就折回吧！

不輕易說最終，是因為它有自己的速度，遲早都會把這天結束，而我們一無所獲，只能聽見隱約的水流聲。懷著未完全發酵的遺憾步入蝙蝠茶屋，吃最後一頓茶點，我還記得店主夫婦在我第一次雪中造訪時提及，每年佛蒙特十月底開始會進入冬季，因此茶屋選擇在那時歇業，直到隔年四、五月。

對於茶屋或駐村藝術家來說，相同之處是將十月底視為一個暫停的符號。只不同的是對他們來說仍有隔年開張的規律性，而偶遇於此的藝術家們卻未必能再相見。天涯海角的距離只消搭乘飛機，可是更日常更重要的可能是從佛蒙特離開後的現實生活。

凌駕於一切的各自的人生，相對來說都是無法再耗費力氣找尋的瀑布吧？

再怎麼努力都只是帶著自己轉回錯覺的大門，楊牧的詩作〈給時間〉最後幾行逼促悵惘，使之必然：

告訴我，什麼叫記憶
如你曾在死亡的甜蜜中迷失自己
什麼叫記憶——如你熄去一盞燈
把自己埋葬在永恆的黑暗裡

天黑是抽象的，失去緣分相遇的人事物也是，寧可將它視為失蹤。

若想繼續生活，那麼還是推開門吧！懷著上次的美好記憶使勁推出。店主夫婦笑臉迎人，櫃台上白色瓷盤中的甜點，蘋果派、甜甜圈與蘋果磅蛋糕散放溫暖氣息。那天的我們都表現得比平常更貪吃，均選了兩種甜點和一杯飲料。

餐點集合在桌面時，頓時空間變得相當狹小，說也奇怪，我竟已忘了那日所談的細節，比平素忘得更加徹底。然而，咀嚼滲出的甜味與咖啡入口的溫度卻仍舊鮮明，略帶疲倦的身體因而舒緩下來。

全盤清空的那刻，頻繁聊天的節奏消失無蹤，我凝視著理應享有的安靜，隨著壁爐烈焰迸出的碎星，剎那停留，猛然劇烈的燃燒吞吃了它，我看著它跳揚，又落下，直覺時間就如此消融，一秒刻度換一顆火星沫子。

這是被容許的嗎？就像是決定一輩子以文字換走時間那樣。

我不曉得，亦甚至悲觀地不知哪一種更好。

當你坐著和他人交談時，你是孤獨一人——他們也是。女性飛行家白芮兒在她那本飽受海明威讚譽的《夜航西飛》中，簡潔又詩意地提醒著「那是你一個人的事」。

「你們要回去了嗎？」女主人友善地問，她打斷我的思緒只因她怕我們摸黑下山。

「你們不介意的話，我可以載你們一程。」

茶屋打烊的時間在即，我們並未推辭。

直到離開那刻，敬堯與我才曉得紅賓不知何時已替大家付了下午茶的費用。想把錢還他，他卻擺擺手笑說不用了。

赧然點頭，把一切好意收進懷中，坐進休旅車裡。車速平穩地滑入黑暗，通過高陡的坡道，車身宛似化身水滴狀，順服定律般，衝入未被命名的流動之中。

在不可名狀的剎那，車內的安靜大過四個人，任憑各自的人生滾滾而來。

持遠深刻的夢

回高雄了，比想像中快。

模糊的天空，賴我以身軀攪動城市的空氣，其中一手抓著行李箱，咖啡色中型的行李箱裝著佛蒙特的溫度。

初雪怯怯縮小，飄到臉上就幾近流淚的樣子。

書桌這樣的存在，旁邊應當配置陽台。對的，我習慣朝左邊眺望過去，點開一首流水的錄音，頂樓所見，地面充滿稍微高一點的灰泥鋼筋，或稍微矮的鐵皮加蓋。流水不知該往何處，它應該伏在楓屬之類的樹種之間，我的額頭涼涼的，耳畔傳來幾道煞車聲，卻還以為自己生活在北國。

身體左半部被迫曝曬，光線使我分心，可是沒有值得專心去看的事。

習慣真可怕，尤其熟悉的方位再也見不到自己想見的，反覆懷思的情感便會一日日膨脹，直至裂出縫來，感覺到洞。

租屋內的一切物品蒙上灰塵，即使是頂樓，四週之後，什麼還嶄新簇亮？我的手臂留有用力撐開窗戶的繃緊感，遠離高雄熾燙日光，這份感受來自遠方。我不問不答，身體自然會替我記取。

佛蒙特工作室為我們準備的棗紅地毯和木製大書桌，都關在一扇窗和門之間。牆是不必多談了，創作之時，穴居之必要，最低限度是留有一絲向外透氣的機會。

大自然挪幻妙取，布幕經常替換，幾小時就能改裝。過去佛蒙特沒這麼早降雪，於是十月中後旬換上初雪之幕，萬千毛孔寒意緊縮後，無預警地便使人驚喜地迎接降雪。雪花是溫度的籌碼，向下投擲，遊戲一般，亮綠的夾岸林木、低矮灌木植物，不多時便產生煥然之感。興奮開窗，讓冷得足夠醒人的風，大把大把灌進來，吸虹河彷若也無重力地飄升起來，與風並進，把藏在胸膛深處的欣喜洗滌出來。定睛，所有的生命覆上一層白色之後，灑脫、沉靜、與世無爭。我冷夠了就關窗，把氣哈在玻璃上，繼續看雪毫無節制地下。

雪跟雨是截然不同的概念，我更愛惜飄雪時天空的色澤，近乎銀，遠離灰階隱喻的黯淡。雪下得略大，視線便受到屏蔽。為了貪看，又把窗戶撐開，全身像是生的，活躍地勞動自己。我印象中聽過居民提到進入十二月時，瓊森小鎮降至零下三十度的事。這對我來說是概念上的抽象知識，即便我體會過降雪的十月。回到台灣島嶼南方時，同樣恍覺曾經的雪日退化為一個名詞，退縮在字典的某個位置，必須不厭其煩才能夠呼喚它現身，記憶獲得溫習，經驗獲得證明。

於是我有理由一再地述說，把一切傳述成一個夢。透明的空氣使得晨起都能隔著窗，清晰地數住處旁楓落幾許。步出房間，踩木階梯而下，極輕微的搖晃感證明這幢屋子是活的，它罩住游移的精神、思維，不分國籍人種，允許我們自由放開。繽紛多彩的私人住屋在兩條河川的守備範圍內，素樸的斜尖屋頂，三兩成群卻不仄近。山丘處的州立大學盤據廣幅面積，一頭安靜睿智的巨靈，它腳脛處是小學，放學得早，孩子們有人腳蹬滑板，一溜煙從我旁邊經過，後面永遠有追趕的尖叫。兩葉陸上行舟，就這樣一腳追著另一腳尖，裝作超越的姿態，一直離我遠去。

唯一帶回來的是，據說三十天更新一次的細胞，細不可見，持續偷天換日，汲取異邦氣息，養成一莖髮束，變長了讓我帶回。

時區對於寫作之人沒有意義，甚至莒哈絲（Duras）寫下：「一名作家即異邦。」差異性不在於國土，或許其中一部分是。在廣袤時間容許的移動範圍內，成串單字滾進火燙的咖啡裡，讓我開口時偶爾不沙啞。咀嚼奶油千層麵時，我清楚它跟淋在陽春湯麵上的肉燥有各自富饒的滋味。只是，此岸到彼岸的時區，更常使我聯想到藝術這件事便是創建異邦。從觀察材料開始，便持續逆反著當代生活，格格不入不是出於自身的選擇，但亦不是被挑選上的。最可能的情況是材料放得比較近，瞥見了就持來搭建。不單是十年一成，也有些人一夕起建，精準完好。不論遲速，過著的內在生活就是不停建造開闢，每鑿下一洞，就更朝想像的桃花源行去。

自外於此的心態，使得流亡疏離無處不在。隔一面牆，就是一世界。這種牆，同道之人也不見得曉得該如何進入他人的。各在醒著的夢境內，觀望羅列在眼前的現象。

生長在先的天空，不會怪罪一朵雲的降臨。

雲不只是舒捲的模樣，我輩中人努力證明，雲還有其他樣子。

佛蒙特的雲相變化成為難題。

我不擅長的事著實太多了，排山倒海的生活要欺近我了，這是現實，我不討厭，可是全然理解另一種選擇之必要。

難道是遠方帶來的美感比較純粹？從來，美感的存在是壓倒性的，必須能從生活各個隙縫逆向滲透，如此，我才真切感到自由。

說服自己原初便是一個發夢者，世界既可能是開闊的星夜，漸枯的河床，委靡的山，也會是吶喊，豁出一切的蠻勇，跟執著的衝撞。

我對你們說過：我曾傾聽大海
向我朗誦它的詩篇；我曾傾聽
海貝裡面沉睡的搖鈴。
我對你們說過：我曾歌唱
在魔鬼的婚禮上，在神話的宴席上。
我對你們說過：我曾見到
一個精靈，一所殿堂
在歷史的煙雨裡，在距離的燃燒中。
因為我航行在自己的雙眼裡
我對你們說過：一切都在我的眼底，
從旅程的第一步起。

阿多尼斯（Adonis）在〈我對你們說過〉的詩篇中曾保證，一切都在我眼底。

弄清任何人眼底所及的最終焦點是愚蠢的，自己的夢正是自己的國，它被心所孵育，來不及釋放時就維持恆常的沉默。

風雨都來過，其中存在至深的不可理喻。

這是所有想說的。

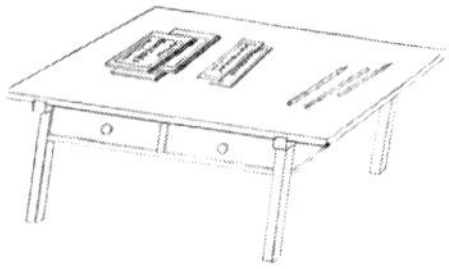

2

【育萱】我的寫作房

梅森圖書館

梅森圖書館（Mason Library）是寫作者非正式聚會最常聚首的地方，它的一樓是圖書館，二樓亦提供駐村藝術家起居，或許是這個緣故，我經常能隔著街道，望見它的窗玻璃維持著暖黃的光暈。

入夜的鎮是冷的，尤其當你必須一人行經長而闃黑的街，你會渴望推門而入。

「我的任務是經過這裡而不留下任何痕跡，可我在這裡逗留一分鐘都會留下痕跡：我若不講話會留下痕跡；我若講話，我的每一句話都會留下來，可能直接或間接地為人引用。」卡爾維諾《如果在冬夜，一個旅人》何其適合這樣的場景，因為我曾經介於逗留與不逗留之間，猶疑不定。

但終究我是推開那扇門了，就在駐村藝術家閱讀日（Resident Readings）之後。

大家如此坦率地描述對於對方作品的觀感，為了重現該刻的感受而絞盡腦汁。微光中一群從世界各地來的藝術家們，相互取暖，喝酒，吃熱量很高的洋芋片。

我始終難以忘懷猶太裔作家喬（Jon）在我朗讀完《不測之人》的一小節英譯版本後，對我說，「什麼英文嘛，為什麼非得大家都得說英文不可，我真喜歡妳的故事！請妳務必回去後寄一份電子檔給我。」

這份浮誇的厚愛，開始蔓延在作家群中，於是有人喊，等等去梅森！

所以，我就在那了。

我曾經試著把所有人的話都記下來，直接或間接地引用著。

瓊森州立大學

這塊草地是沿著坡道行走時會途經的絕美之景。那次，我走著，日光正暖，我便湊近草皮的另一端窺探。我未料想，在群樹之後的，會是洋溢輕快調性的黃花與軟草坡地。

我踩過一小段木棧，很快就迎接了空無一人的綿延綠景。

這偌大的自然只屬於我嗎？任何一位乍見這種情景都會忍不住自問。

躺在柔軟如布疋的草地，陽光直接照拂在臉上，絲毫不刺眼。像個孩童，我兀自一人在上頭翻滾，並且在記憶中絲毫想不起曾經擁有過哪片草地。

「我的心愛著世界
愛著，在一個冬天的夜晚
輕輕吻著她，像純淨的野火
吻著全部草地」

我的腦海中出現顧城的詩，面對自然，我的驚喜不亞於他，想畢盡一生之力，汲取綠色的能量。

然而日頭不等人，它只給了我三十分鐘，便偏移到遠山的另一頭去了。

雪後

雪融了一些。

昨夜恐怕悄悄無聲息地又降下了一層，我沒發覺的。

雪總來得悄悄，不似雨水大聲喧嘩。葉面上薄霜像是糖，整座小鎮洋溢著甜美的氣息。當地人必定要駁斥我了，說冬天很長，一直到隔年四月。我內心譁然，這樣長的冬日，

攝氏一度或零度，這幾日我便有那麼點受不了了。所以我喜愛的冷，或許不只是單純的冷，它富含某種哲學意義——天寒地凍的路徑上，誰來了誰走了都非常明白。離開後，僅留下鞋印。

魯迅說：「在無邊的曠野上，在凜冽的

天空下，閃閃地旋轉升騰著的是雨的精魂……是的，那是孤獨的雪，是死掉的雨，是雨的精魂。」

我思索每一場別離所創造的意義，以及魯迅所說的「雨的精魂」。

未來的日子，能夠見到雪景並不太多，提到未來，就不由想起別離，不過，別離就僅只帶給我這些嗎？雪沒了，什麼就沒了嗎？

於是我為自己留下數張窗外的雪中與雪後之景。

私人湖泊

至今我也未曾知曉這湖泊屬於誰。

我只是闖進猶如梵谷筆下的畫布，見他將濃烈的筆觸挪到北美來。

望著湖泊中心，得到無與倫比的寧靜感。

「激流怎能為倒影造像？」詩人瘂弦定然不是見到我所見的景致，因為倒影無所不在，世界亦分為兩重。

想探手到另個世界，擾動水面的平靜，之後，亦將改變著現狀。

我只是偶然路過的人，什麼也不想改變。尤其，被主人發現是件麻煩事，我得特別解釋自己為什麼發現這裡，又為何在未經同意的情況下，踏進他家的領地。

如果說，我是追著梵谷的畫，來到現實，主人會相信嗎？

「看見山時，你在山之外，看見河流時，你在河之外，如果你能觀照你的痛，你便開始自痛中解脫。」一扎西拉姆．多多如是說。我不感到什麼痛楚，我只感受到喜悅。

我踩上木棧板，美國電影經常出現的場景，此刻化為安全感的基石，這一瞬間，這個私人湖泊在我之下，但湖泊也認為我在它之內。

動物們

「你仔細看看動物，一隻貓，一隻狗，一隻鳥都行，或者動物園裡哪個龐然大物，如美洲獅或長頸鹿！你一定會看到，牠們一個個都那樣自然，沒有一個動物發窘，牠們都不會手足無措，它們不想奉承你，吸引你，牠們不做戲。」我與赫曼．赫塞想法雷同，特別喜愛動物。

在佛蒙特所見的動物之中，最稀奇的是某日途經橋面，餘光瞥見的白背獾臭鼬。對動物毫無研究的我，為了這一瞥，到網路上比對多次，發現那日迅速鑽到橋墩底下的黑白小傢伙應該是牠。

據說，不遠處的山間還出現了鹿，可惜我無緣得見。

我能記得的是一隻貓，一隻狗，一匹馬。貓是約翰（Jon Gregg）與露易絲（Louise von Weise）養在工作室內，不常出現的橘斑貓。某個陰沉的上午，我吃完早餐，提不起勁去寫作時，發現這隻貓立在斜坡處。我蹲下招呼牠，再索性坐下。牠竟一躍而起，坐上我的大腿。

有貓當暖爐，原來是件極為幸福的事。我不曉得牠何以對我如此友善，對於我的撫摸和拍照毫無抗拒之意。我暗自感謝牠的好意，因為牠現身如此神祕，而療癒效果如此之強，掃盡無端而起的寂寥之心。

哈士奇，則是某次獨自散步時，經過一屋，發現有狗正在日光浴。好奇趨近，牠亦起身躍動。我向主人打招呼，她微笑說要帶牠去散步。她說，每逢冬日，他們不少人就到加州

避冬，這兒的氣溫經常降至零下三十度。我至多只能想像數字，無法感受。我對那隻友善的狗揮手，心想即便是適合在雪地生存的狗，也很難熬吧？

至於這匹馬，則是相逢於探索絕美楓景的路上。罕見人跡的入山徑道旁，牠不發一聲，咀嚼眼前的草料，而主人並不在場，附近一片空靈。我接近低矮的柵欄，想一窺牠在日光下的鬃毛，又同時有點懼怕，總覺得牠會踢起後腿，賞我一記。

不過終歸是想像過度。事實上牠友善溫馴又美麗，即使我按了無數次快門，牠身上的棕色斑點依然平靜。

作為北方的鎮民，他的生活會是什麼樣態？

於是，我先是遇見一輛車的骨董車主人，繼而碰見帶著狗散步的老人，還有一位捧著自家南瓜的女孩。

在路上行走的亞洲人，走路東張西望的，很快地讓一對老夫婦發現了我對他們的車充滿興趣。他們親切地請我替他們留下影像，並邀請我坐上車，由他來替我拍照。

這輛車是別克（Buick）一九二九年款式，敞篷設計相當拉風。生平首度坐上敞篷車，內裝豪華設計，強調手工感的座椅，都使人雀躍在心。本以為這次之後，便不會再見到那台別克，孰料幾周後，某次當我前往工作室途中，又巧遇這台車，它拉風的外觀，緩慢輕馳而過，主人舉起手向對街的我招呼，鎮民的熱情在日常中，溫馨點綴一名異鄉人的生活。

瓊森鎮民的熱情還表現於寒暄，那次，我照例散步至大學。迎面而來的老人與狗，主動朝我說了聲嗨！在台灣，已然很久沒有陌生人向我寒暄問好，事實上我也不敢打破這僵局。只是，到了此地，彷彿能撇開顧慮，以開朗的語調問候他人。老人手上的繩索，繫著一隻拉布拉多，我回想起鎮民似乎都豢養著大型犬。或許天候變化急遽，唯有這類耐寒生猛的狗能夠陪主人度過漫漫長日。

關於孩子，我曾在一間農產品雜貨店外遇見一位女孩，她有著歡逸的笑容，一遇見我，便無可遏止，拚命介紹自己以及她的家園。雜貨鋪就在洲際公路旁，周遭是廣袤的農田，種植大量的十字科蔬菜。這些蔬菜挺拔雄壯，約莫有我的小腿高度。我驚愕地凝視一列又一列的作物，而那女孩等不及我，便蹦蹦跳跳地帶著我去看放在廊下的南瓜。

「妳看，這色彩很美吧！」

我看著女孩微笑，她又說起南瓜的造型，語氣如此專注，言詞中沒有任何一詞是要我買下這些南瓜，我怎能不近乎憐惜地不斷回應她呢？

想及，當初駐村，曾一度想到紐約一趟，但後來卻十分慶幸我並未成行。因為待在

這樣的鄉村，更接近我印象中的美國。

喜愛的散文家史鐵生曾這麼描述，「我經由光陰，經由山水，經由鄉村和城市，同樣我也經由別人，經由一切他者以及由之引生的思緒和夢想而走成了我。那路途中的一切，有些與我擦肩而過從此天各一方，有些便永久駐進我的心魂，雕琢我，塑造我，錘煉我，融入我而成為我。」

瓊森鎮當地居民，終其一生都不會曉得他們曾在我心魂上鐫刻的痕跡，但說到底，這份感受作為祕密，也是不錯的選擇吧！

蝙蝠茶屋

接近十月底的佛蒙特，益發容易陰雨綿綿，但決定好要去蝙蝠茶屋（Fledermaus Teahouse）的心情依然沒變，步行的沿途陰雲罩頂，很多房子看起來宛如鬼城，適合拍攝恐怖電影。夠幸運的是我有充足時間行走，相機得以留下陣雨剛過的，草上面的露珠，還有一半陰一半有光的奇特之景，渾然天成。

到了蝙蝠茶屋，初還擔心是否沒有營業，不過，道路旁掛著OPEN的旗幟，讓我鬆了口氣。開門進屋，沒人。開心情緒一下被勾起來，這幢「平民維多利亞式」（Folk Victorians）的房屋，斜屋頂，小型遊廊，以石塊砌成的煙囪，內部為美式鄉村風格，暖色系的窗簾、桌巾、沙發，令整體空間洋溢居家溫暖，對此景的讚歎，都花在每個按下快門的剎那。

不過，拍完了照，隨著等待時間拉長，即使待在屋內，依舊讓人凍得發麻。

坐下來，我內心還留有一絲期待，或許店主人很快就來了，於是攤開黑皮筆記本書寫幾項潦草的心得。當我寫到一段落，偶然抬頭，外頭下雨了。

不，等等，我趴近窗口——這不是雨，是雪啊！初雪繽紛而迅疾，沒多久，矮樹叢便產生了層次。除非身歷其境，否則難以形容，在異鄉凝視雪景的心情。

我明白在這世界的經驗都是這樣的。

雪下了十分鐘左右，稍微轉小時，我走了出去，面前黃葉地，感受剛落雪後的空氣格外清新。沒想到才蹴上幾步，雨就來了，又是雪又是雨，天氣瘋狂，我決定打道回府。正當我重新回到歸途小徑時，後面有男人聲音遠遠傳來——HEY！

他大力揮手說Come on in，原來，老闆發現了那張「造訪未遇」的紙條。

女主人送上菜單，我點了胡蘿蔔馬鈴薯煎餅、熱巧克力一杯。男主人撿拾火爐旁的木柴，依據粗細排好，開始點燃生火。柴枝微微被火舌吞吃，徐緩地，改變室溫我不感覺那麼冷了。用火鉗時不時撥弄柴堆的男主人解釋，他們這兒一定得生火，因為沒有暖氣。

在漸次溫暖的時刻，我意識清醒了些，這時，女主人送上茶點。我輕撫白得炫目的瓷盤，發現它被微微烤過，所以溫熱。我就這樣看著爐火燒著，相當滿足。

時至結帳，我掏出應付的紙鈔。女主人說，你那杯巧克力我們請客，很抱歉讓妳等

了這麼久，也請讓我們開車送你下山。

返程時，我隨口問起鎮上人們的生活，女主人這才提及自己有兩份工作，周一到周三到佛蒙特大學商業經濟學科（Business Economics）當祕書，其餘時間則在店裡幫忙。

我喟嘆生活不易，她說，住在佛蒙特的人，多半都有兩三份工作，為了維持生計，這是沒辦法的事。「佛蒙特人口不多，所以得負擔高額的稅，相對來說，佛羅里達人口多，就不必這樣，這兒是個貧窮的小鎮……。」她娓娓道來的語氣，卻有一種安之若素的質地。

原以為的夢幻天堂，深入了解之後才察覺其他的面向。作為客居者，我飲了一杯溫熱甜美的巧克力，安坐在店主夫婦花十二年建造的小屋中，知道他們即將要迎來佛蒙特例行的嚴冬。

Listen something from the stone

在餐廳遇見雕塑家汪力（Won Lee）的妻子，她是韓國人，後來與夫婿遷居多倫多，生活了二十多年。

由於罕見亞洲人的緣故，我主動與她攀談起來，「自駐村以來，我總試圖理解很多人的藝術作品，妳曾有這樣的經驗嗎？」

「不用理解啊，喜歡就喜歡，不喜歡就pass it!」她這麼說，這樣的回答令我如獲知音。於是再問起當年年輕的她，怎麼面對這一切？

「亞洲有亞洲的文化，這兒有這兒的。」她第一次抵達多倫多，也驚訝於任何現象相較於亞洲，她給了個說法是opposite！她的做法是，堅持自己的文化傳統，多年之後，才在不經意的情況下了解，喔，原來你們說的某件事情是這樣喔，好吧，我了解了。

文化衝突的表現，或許不一定表現於表現上的衝突，更多是內心的衝擊，看不見的流血。

人渴望被理解的心情，到哪都是一樣的。

對於環境的敏感久而久之，還是足以讓藝術家和作家感覺深刻的孤獨。我自然是能夠日日埋首工作室內，一直創作不輟。

可是，就僅只這樣嗎？

即使回到了台灣的文化場域，倘若不夠理解自己想做什麼，那麼有再多說著同樣語言的人聚會一起，也不見得有什麼意義。

駐村的意義不見得是就地產出什麼驚人作品，而是框出一個以前從未留意的視野，要你從裡頭去看、去反思、去發現。

行動不便利，拄著枴杖的雕塑家汪力來佛蒙特藝術中心演講，他這麼說，「我從未在石上雕刻，我是與石頭一起工作，因此我能聆聽來自石頭的聲音。」（I never work on the stone, I work with the stone. So I can listen something from the stone.）從物像的內裡，折映出的藝術，或許正是汪力的雕刻意念了。他謙稱自己作畫超越不了畢卡索、馬蒂斯，但從事雕刻或許還有一點活路。

從演講場地離開，照例所有人四散回各自的工作室工作了。看得出作家也好、各類藝術創作者也好的某種堅韌決心，那東西很硬，平常聊天也不大會說，但由半數以上都還亮著的工作室我曉得，這是極其競爭、磨難、寂寞的歷程。能選擇其中一種作為職業（Career），這並非靠雜誌三言兩語就能借鏡，看不見、也難以說明的內在奮鬥，是所有敢於自詡為藝術家的人，他的終身大事。

所以，既能清楚認知一己有限，並選擇想走的路，再者能適應截然不同的文化與生活，我對這對夫妻深感佩服。

至於，我也能從文字本身去「聽」出點什麼來，好知曉下一個故事會往哪去嗎？我很期待。

我的寫作房：瑪馨．庫敏工作室

曾榮膺一九八一年美國桂冠詩人的瑪馨．庫敏（Maxine Kumin）的名字，鐫刻於工作室門板上。她與摯友安．莎克斯敦（Anne Sexton），優遊於以羅伯特．羅威爾（Robert Lowell）為首的美國六、七〇年代的「波士頓詩派」中，較台灣讀者所知的則是生平被改編為電影《瓶中美人》的席薇亞．普拉絲（Sylvia Plath）。

不過，這位罕被一般台灣讀者提及的美國現代女性詩人瑪馨．庫敏在美國相當知名，獲獎無數，其中以一九七三年獲普立茲詩作獎的《內陸》（*Up Country*）為代表作。特別的是，她創作領域橫跨小說、散文、詩歌與童書，對於不同的媒材，她並未特意變換創作模式，而是同樣注重情節脈絡的變化，自始至終。

三十二歲才認真寫詩的她表態：「我是詩的傳道者。」

窩居在那個工作室的我，其實也持續嘗試著鍛鍊詩藝，並廓清小說的肌理。

離開駐村之地後，我上網查了關於瑪馨．庫敏的更多資訊，發現了她朗誦詩歌的錄音檔。

她極重音律變化的朗誦，使得一首詩近乎一首歌，我一時分不清那是已譜之曲，還是一位詩人的作品。

珍貴的錄音檔案，來自美國國會圖書館。該單位自一九三六年起設立英詩講座，由富人杭亭頓（Archer M. Huntington）捐助成立，每年由館長徵選名單，最後聘任一位詩人為「詩顧問」，至一九八六年，更名為「桂冠詩人及詩顧問」（The Poet Laureate Consultant In Poetry）。因為這樣的機緣，讓我能橫越時空，一窺這位與羅伯．佛洛斯特（Robert Frost）並美，同樣重視詩歌節奏的重量級詩人之作。

因此有時深夜離開工作室，關門片晌我會刻意凝視這個名字，體會冥冥運行的幸運。

3

【敬堯】冥想者們

火紅秋豔的瓊森鎮

來到了佛蒙特州的瓊森鎮，原先綠葉油亮的風景，過了三天後，卻猛然鮮紅竄綻，滿鎮楓火翻飛，颯然美景使人目眩神迷。

行踏在瓊森鎮上的秋豔小徑，總會聯想起印度詩人泰戈爾（Robíndronath Thakur）在《漂鳥集》中的感嘆：「讓生命有如夏花之絢麗，讓死亡有如秋葉之靜美。」但在北美洲的自然楓林中，秋葉雖美，卻是毫不安靜，聒聒噪噪地講述秋季的熱鬧故事，讓人應接不暇。楓葉林猶如凝固的火焰，在秋風裡兀自燦爛搖曳，就算秋風微寒，但是一見到朱紅色的楓葉繁盛，彷彿也會跟著遍身發熱，心情溫暖起來。我撿拾起林下飄落的紅葉，細心收藏，作為書籤，就像是將整座瓊森鎮的璀璨秋紅都收納進書冊中那般。

吸虹河的美景

有一天，聽到了美國作家勞麗介紹瓊森鎮的後山上有一座美麗的瀑布，滿心喜悅地踏上路途，想要去尋找她口中的優美水瀑。不過，顯然前進的方向錯誤，踅走了整個下午依然沒有找到那座瀑布。我沿著吸虹河而走，途經一座木造的大型橋墩，來到吸虹河的另一側，是一條車水馬龍的大馬路。不過，若繼續往前再走一小段路，就會看到路旁有一條小徑，蜿蜒通往吸虹河畔。

來到此地時，恰巧是傍晚薄暮時分，燦爛夕陽灑落林間，輝映著赤紅亮黃的一片片楓林。水聲潺潺，空氣新鮮清爽，形成了一幅如詩如畫的仙境美景。儘管那一天最終沒有尋找到美國朋友口中的神祕瀑布，卻意外見識到了瓊森鎮楓林的獨特風光。

紅磨坊的盛筵

佛蒙特藝術村中的紅磨坊餐廳，是眾人聚餐、集會之所，大廚馬克每一天都會烹調不同的菜色，一饗眾人口福。

在一九八四年以前，瓊森鎮是一座人口稀少的山間小鎮，雖然自然風光綺麗，但鎮上大多是年久失修的老宅舊屋。約翰（Jon Gregg）與露易絲（Louise von Weise）決定在此鎮建立藝術村的基業，便購下多間木屋老房，加以修葺整治，作為藝術家的工作室與住屋。

紅磨坊原先也是一個破敗封閉的舊穀倉，經過約翰等人的努力，才將這座老舊穀倉改造成藝術家的餐筵大廳。並且，他們也以此穀倉為基礎中心，逐步擴展藝術村的範圍，開啟了三十多年來的「藝術家社區共同體」之夢想。

Gentle Ghost

某一日，美國藝術家朋友凱特（Kate Lien）傳來訊息，要幫每一位藝術村的駐村者拍照。在她的帶領下，我來到了藝術村中的梅森屋（Mason House）。梅森屋是一棟外觀典雅秀麗的維多利亞式老房子，除了提供藝術家住宿之外，在一樓也是一間小型的梅森圖書館書屋（Mason Library）。其中收藏的千本圖書，主要屬於文學類型，有詩集、小說、散文，也會放置每一年來到藝術村的作家

出版的作品。

在這一間梅森書屋中，有一處門檻的上方綠色牆壁，用金色的顏料塗寫著「Gentle Ghost」的字樣。我詢問凱特以及其他的美國朋友，不過都沒有人知道是誰在那個地方寫下這樣的字句。

我將這件事告訴了朋友，朋友在臉書訊息裡傳來了查字典的結果，打趣地說，就是無害的鬼魂吧！

大衛・馬密（David Mamet）在《佛蒙特隱士》書中曾言：「秋季是我聽到鬼魂的季節。」鬼，來自過去，來自記憶的最底層；在佛蒙特的靜謐中，適合沉思那些還停駐心底的痕跡。

並且想像著，無害而優雅的靈魂，十分適合穿梭於維多利亞老屋中的無聲幽靈，會在夜裡緩慢翻閱上千本寫滿華美字句的古書。

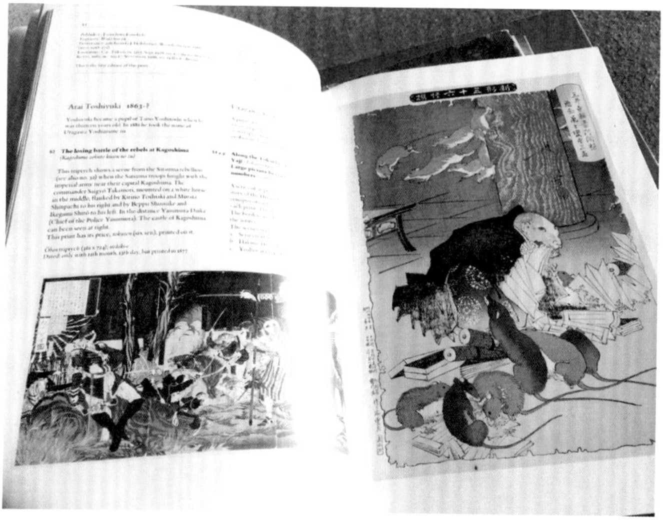

以英文介紹日本妖怪的美術書籍

藝術村紅磨坊的地下室，是另一間收藏了近萬本書籍的中型圖書館，任何人都可以自由進入，借閱書籍，書目大多屬於美術與藝術類型。我在這一間圖書館中，看見某張桌子疊放許多書本，應該是上一位使用者未好好將書籍歸位。走近一瞧，我赫然發現最上面的一本美術書，是研究日本妖怪繪畫的英文書籍，封面是我所熟悉的月岡芳年的浮世繪畫作。

月岡芳年（1839年～1892年）是名聞遐邇的日本畫家，在幕末至明治前期，繪製了許多浮世繪畫作，題材包含歷史繪、美人畫、風俗畫、古典畫、合戰……等等題材，其中最為精采的創作，便是妖怪、幽靈的繪畫。在這本英文書籍中，便介紹了這名日本畫家在一八九一年（明治二十四年）創作的《新形三十六怪撰》，以浮世繪的畫法，描繪了許許多多的日本妖怪圖像，例如這一頁所繪畫的「鼠怪」。

日本的妖怪文化，雖然千年流傳，但妖怪圖繪的興盛，則是以十五世紀的土佐光信伊始，直至江戶時代，才有更多浮世繪畫師專志於繪畫妖怪圖象。

這本書籍的撰寫者是一名美國人，行文考據詳實，原來歐美的研究者也對於日本的妖怪圖繪充滿興趣。我也不禁想像著，未來是否也會有屬於台灣文化本身的妖怪繪畫潮流呢？

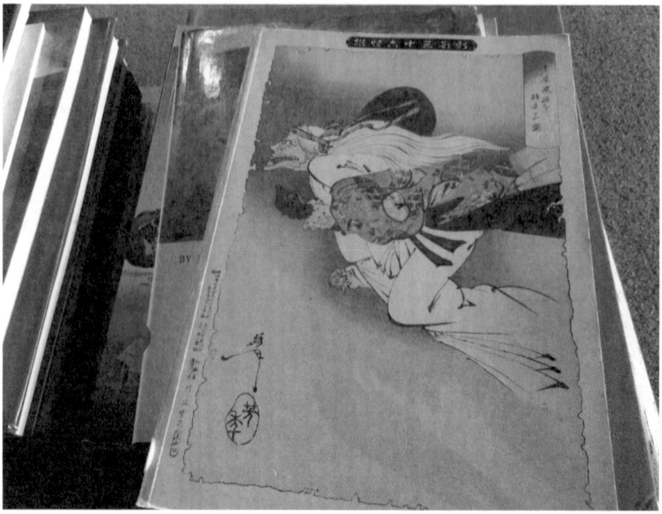

瓊森書店一隅

瓊森鎮上唯一的書店，名為「Ebenezer Books」，位於主要大道與珍珠街橋的交叉口，是一間氣氛溫馨、收藏豐富的小型獨立書店。上午，書店店員是一名戴眼鏡的年輕女子。到了下午，顧店的店員則是一位年近七十的老婦人。

有一日，瓊森鎮下起了大雪，午後我來到書屋中，與店員老奶奶聊起了瓊森的氣候。我很訝異在短短一個月的時程，我就經歷了楓紅與雪景。老奶奶回答說，今年的天氣特別不穩，否則通常雪季會更晚到來。接著，對方問我，是從何處而來呢？我回答，我來自亞洲東邊的台灣島。沒想到老奶奶店員一臉欣喜，興奮地告訴我，她知道台灣，因為她的女兒在很多年前，就曾經遠渡重洋，跑到台灣讀研究所。這時，櫃台後方響起了手機鈴聲，老奶奶店員一瞧來電顯示，微笑著說，是她的女兒打電話過來，真是湊巧！

吸虹河與小牛寫作樓

站在吸虹河的河畔，可以看見對岸的「小牛寫作樓」，從右邊數過來、上方第三個窗戶，便是我的工作室。「Maverick」的意義，指稱「小牛」（尤指未烙印飼主印記），也有「不服從者」的意涵。在瓊森鎮的每一天，我都會在那棟寫作樓中，埋首寫著小說，或者熬夜整理台灣妖怪的文獻史料。

吸虹河的河水冷冽，冰涼沁骨。早晨時光，常常有三三兩兩的綠頭鴨划著水，在河流上嬉戲優游。有時候，若下起了大雨，吸虹河會暴漲，翻騰著滾滾泥沙。不過，只要再過一天，河水水位就會下降，回復到原本的清冽河水模樣。

每一日，若在工作室中寫倦了，我便會凝望窗外波光瀲灩的水流，沉浸在吸虹河的自然美景之中。

等待重生的霧尼（Muninn）

在工作室開放日，我參觀了諸多畫家的工作室，我很喜歡一位美國畫家黛薄莁（Deborah Crane-Foote）的畫作。她的畫筆細膩，喜愛繪畫一些神話故事、童話情節、鄉野傳說的畫面，筆觸似乎也具有印地安原住民繪畫的圖騰風格。

其中，有一幅畫名為「霧尼」特別奇異，我在這一幅畫作的前方駐足許久，深深被它所吸引。黛薄莁說，這一幅畫中的鳥頭人「霧尼」，正在一座車站中，等待重生的時機，而畫中各項物件，都象徵著不同意義。「霧尼」即是流傳於十三世紀的北歐神話中，奧丁所飼養的兩隻烏鴉其中一隻烏鴉的名字。據說，這兩隻烏鴉每天早上都會飛翔到塵世，到了晚上再回去奧丁身旁，向奧丁報告人世間的各種消息。而「霧尼」這個詞彙，則代表著「記憶」，也就是說，畫中的「記憶」正在等待重生的時機。

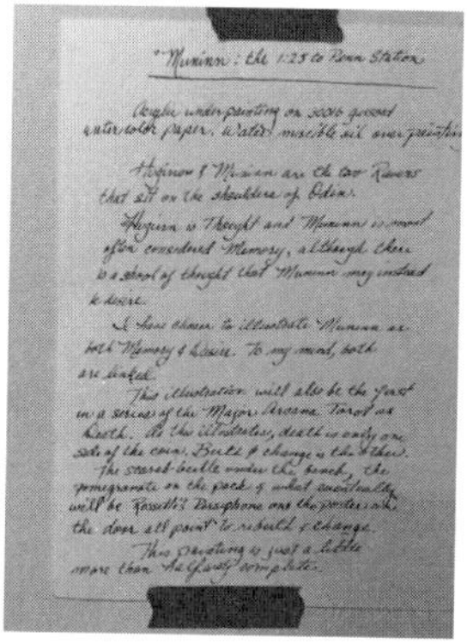

工作室一景

我在「小牛寫作樓」中的工作室名為「Hayden Carruth Studio」。海登（Hayden Carruth）是一位知名的美國詩人，寫過三十多冊詩集，也擔任過美國文學雜誌的主編，曾獲美國國家圖書獎的詩獎。因為他在中年時移居佛蒙特州，創作了諸多關於佛蒙特鄉間生活的作品，也獲頒了佛蒙特州的州長勳章。寄居瓊森鎮的時候，我就在街角書店買了一本他的詩集《從雪與岩、混沌之間》（*From Snow and Rock, from Chaos — Poems, 1965-1972.*）。這一間寫作工作室的空間大小合宜，就算在嚴寒的日子裡也有暖氣流通，很適合孤獨的寫作工作。

在每一間的寫作室門框上，寫滿了一整排密密麻麻的字句，原來是曾經待過這間工作室的作家們，都會留下名字與日期，作為紀念。離開佛蒙特的前一晚，我也在門框上面留下了我的名字。

不過，若夜晚仍然在工作室裡，要記得將窗戶關緊，或者僅僅留個縫隙，以免北美的巨大飛蛾會意外闖入工作室中。

百年前的瓊森鎮畫家

在瓊森鎮的日子，若天氣晴朗明豔，我經常出門踏青，東走走西看看，遊賞鄰近風光。有一日，往瓊森鎮主要大道走去，意外在一間平房附近，發現了一個路牌，標示著此地乃是朱利安．史考特（Julian A. Scott，1846～1901）的舊居。在那一座金屬牌之上，書寫了關於朱利安．史考特的豐功偉業。原來，他曾參加美國南北戰爭，並且以畫筆描繪了當時從軍的情景，詳實展現戰地畫面。

在瓊森鎮上的黏土山丘，有一座瓊森州立大學。在這座大學的聚會大廳中，便設立了紀念朱利安．史考特的歷史廊道，並且在走廊上放置櫃位，收藏朱利安．史考特在南北戰爭中穿著的衣衫、牛仔帽、墨水盒等等物件，彷彿是一座微型的歷史博物館。

勞麗的工作室

美國作家勞麗（Laurie Macfee）的個性開朗活潑、平易近人，時常邀請作家朋友到梅森書屋聚會。在佛蒙特藝術村中的工作室開放日，我參觀了勞麗的寫作工作室。在她的工作室中，勞麗在牆壁上蒐集了許多稀奇古怪的照片，例如猴子臉的奇怪照片，或者是人體骨骼的解剖圖。她也會將自己的詩句影印出來，張貼在工作室牆壁上。

因為勞麗是「staff artist」（以工作換取食宿的藝術家），在藝術村中居住了很長的一段時間，所以她的工作室收藏了許多書籍。

我很驚訝地發現，在勞麗的收藏裡，包含一冊葉覓覓的詩集，原來在上個月，葉覓覓才拜訪過佛蒙特藝術村。

黏土山丘之旅

瓊森鎮上，有一座小山丘名為黏土山丘（Clay Hill），佛蒙特藝術村便坐落在山丘的山腳下。自從聽聞美國朋友勞麗說，山丘上有一座美麗的小瀑布，我便很想要去尋找她口中的瀑布麗景。

不過，我在小山丘上怎樣東闖西走，卻總是尋不到這座瀑布，就算依照她筆下繪畫的地圖，按圖索驥，也總是無法抵達目標。前前後後，我總共走了六趟，每一次卻是毫無所獲，無法踏足那一座神祕的黏土山丘瀑布。不過，每一次的出發，雖然無法達成目標，卻總是無意間，發現了各式各樣意料之外的美景。譬如，吸虹河上的美麗水潭、猶如電影場景的白茅草原，總讓我驚豔萬分。

在最後一次的探尋旅程，我聽到了樹林深處傳來一陣嘩嘩作響的水聲，那就是瀑布的水聲嗎？因為樹林太過茂密，沒有可供行走的小徑，所以我無法順利進入，當然也無法得知解答。或許，未曾抵達的神祕瀑布，就該留在記憶中，成為缺憾的美麗。

冥想者們

在瓊森州立大學的校園裡，矗立著一座美麗的青銅雕像，雕像中的兩位主角擺出了姿勢特異的動作，在藍天白雲之下，看起來韻味十足。作者名為汪力（Won Lee），是一名加拿大的韓裔雕刻家，創作的這個作品名為〈冥想者們〉（Meditators，2007），是他很知名的公共藝術作品。

很恰巧，我住在佛蒙特藝術村的期間，汪力也前來藝術村中，停留了幾天的時光，並且也在Lecture Hall進行演講。

在他的演講裡，便說到了這一幅作品，他笑著解釋，其實〈冥想者們〉一點也不「冥想」。因為當時他請了兩位中國女子做為模特兒，可是那兩名女子卻很愛說話，喋喋不休，讓他無法專心創作模型，他有些不耐煩了，向兩名女子喊說能不能安靜片刻？這時，兩名女子只好迅速轉身乖乖坐好，沒想到，她們端正坐好的姿勢卻很怪異。汪力靈機一動，便按照眼前的畫面，趕緊將雕像的模型製作好，成為了現今的知名作品〈冥想者們〉。

所謂的藝術創作，或許源於一種因緣巧合吧！

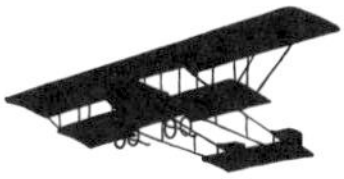

4

【敬堯】雪中的蝙蝠茶屋

一千個不接受我們的星球

我夢到，自己正在墜落。

不停地往下墜落。我睜著瞳眼，視野卻一片黑暗，但我可以察覺到自己正以仰躺的姿態，往下墜落。

不停地墜落。

風聲在我的耳畔呼嘯，我的雙手無力地往上擺晃，並因為強烈的風壓而左右盪動。

我像是從很高很高的地方墜落，但我不記得是從何處失足掉了下來，夢境的一開始，即是墜落的畫面。在漆黑無垠的夜空中，往下直直墜落。

我無法自由轉動我的頭顱望向兩旁，我的身軀無法聽命於我，我就算想看清四周的景色，無法對焦的眼眸只能瞥見無光的黑暗。

由於風壓過於猛烈，甚至要撕裂我的全身上下，毫無意志力的四肢在墜落的過程中，就像是木偶斷線般啪啪搖盪。

害怕。

儘管眼前一片墨黯，我仍然知曉自己是在墜落，這時我也瞬間領悟到，這只是夢而已。只是夢。我又夢到同樣場景。

下墜的過程，像是經過了幾千個日子般的長久，我不知道自己是從何處跌落，我也不明白將要墜落何處。每一次夢境開始，我睜開眼睛就發覺自己正以仰躺的姿勢往下墜落，每一次夢景的結束，也同樣是在墜落的過程中，恍然甦醒。一、兩年多來，我總是重複著這樣的夢境。

最初的日子，當我夢見這樣急速墜落的過程，我難免驚慌失措，拚命想轉動身體，想看清楚周身環境，大吼大叫，不明白自己為何會陷入這樣窘困的境遇。

一片清冷的闃闇之中，什麼也沒有，只有下墜時，耳邊傳來風聲的嘶嘶響音。

不久之後，我逐漸在每一次的夢裡，熟悉了這樣反反覆覆的場景，我不再掙扎，也不再疑惑了，只是讓自己的身體沉進那濃濃的闇黑之中，什麼都不用想了，只要讓自己的身體熟悉這樣的墜落……

每一次夢境開始，當我意識到這又是同樣的漆黑場景時，總讓我的心情有著奇異的情緒。

我逐漸遺忘了白晝的記憶，我遺忘了那些數不盡的煩惱，我遺忘了痛苦，遺忘了讓我悲傷與難過的那些生活片段，人與人之間的怨憎、傷害、疏離、敵意，有憤怒，也有無奈，以及一些總是漲滿我的胸膛讓我感覺無法再承擔下去的傷感，都被我逐一淡忘……

在下墜的過程中，我也遺忘了我的身分，我忘了我的朋友，忘了我的親人，也忘了我所在意的一切，再也想不起來了。我也不想再想起來。

這樣很好。

很好。

我感覺很安心，感覺黑暗帶來了安全的保護，不用再被任何後悔的情緒包圍，也不再被無奈的傷感給狠狠刺痛——這不是噩夢，反而是讓我心情平靜的溫柔之夢。

此刻，我就會悠悠醒來，感覺晨曦的陽光曬得臉頰有點燙熱。

當我意識到自己已經離開了墜落的夢境，我反而失落了起來，那些在夢境裡不斷墜落的場景，反而像是我真實的人生。在那一連串不停降落的過程中，我因為太過安心而不小心睡著了，因為睡著，我才夢見了自己正在床上躺臥，被透進窗戶的陽光曬著。被曬暖的臉頰，溫熱的體溫，反而讓我感覺很不習慣，甚至覺得不舒服。畢竟，方才我還正在刺骨的寒風中無止境地墜落，臉頰早已習慣凍冷的風颳。

夢境與真實的交叉點

通常，我會這樣緩緩醒來，從不斷墜落的夢境裡醒來，感受到現實與夢境的微妙交錯。但這一次醒來，卻是截然不同。

我迷迷糊糊地醒來，雙眼睜開了，卻仍然是一片黑暗。沒有陽光。是否還在夢中？難道，我還在黑暗的深淵裡不停地墜落？但……不是，我正安安穩穩地坐在狹窄的椅座上，並且四周不是全然黑暗。我揉揉雙眼，逐漸適應了眼前的昏冥，濛濛微光正在頭頂上閃耀，那是標示著安全帶綁好的警示燈。

四周有人輕輕咳嗽，有人正在閉眼入睡，隔壁走道的椅背後方是一片發光的長方形液晶螢幕，正在播放當紅電影《侏儸紀世界》中，男女主角被迅猛龍追擊的場景。

我坐在飛機裡。

機艙內的大燈，早在起飛一個小時後就關閉，只有一些乘客開啟液晶螢幕所產生的光亮，在幽暗中靜靜發光。我睡了不知道幾個小時之後，才悠悠醒轉。

在飛機上夢見了墜落的夢境，好像不太妙，儘管我早習慣了這樣奇異的夢境，但我覺得好像……還是有些不妥。

我打著哈欠，在狹窄的座位上稍微轉了轉身，活動一下有點麻木的肩頸，同時也盡量不要吵醒鄰座的沉睡女孩。

儘管可能才睡了幾個鐘頭而已，我還是決定不再閉眼入睡。

這是一趟長途飛行，在晚上的七點從桃園機場出發，要在飛機裡待十五個鐘頭，才會抵達五千多公里遙遠的北美洲的紐約甘迺迪機場，飛機降落在美國當地的時間將是晚上十點多。

我打開前方椅背的液晶螢幕顯示器，可以看電影、聽音樂、玩遊戲，我將指標滑到了「飛行羅盤」的選單，螢幕便跳出了這一趟航程的方向軌跡，以及目前飛機所在位置。

螢幕上顯示了地球的藍色球體，目前這一架飛機的位置，已經進入了北緯66.5°的北極圈範圍之內。

飛機正以時速866公里的速度，通過了極地附近的西伯利亞海、白令海峽，即將要往阿拉斯加與加拿大的方向航去。

許多人誤以為飛機從亞洲飛往美洲，將要飛越太平洋，但事實上，卻非如此。因為地球是圓球體，如果以最短航線來看，亞洲往美州最短的距離，反而是要通過極圈。所以，亞洲與美洲之間的飛機航線，都會以通過北極圈的「極地航線」來規畫，藉以節省飛行時間，也節省燃料。

因此這一架從桃園機場出發的飛機，並不是往東航行，而是往北渡航，越過了日本、俄羅斯東部海域，經過極圈上空，再往南飛越加拿大，最終會抵達美國紐約的機場。

在液晶螢幕上的「飛行羅盤」，顯示著目前飛機正在高度10363公尺的高空，機外溫度則是攝氏零下62度。

看看時間，飛機也飛行了七個小時多，不知道窗外的極圈究竟是白天，抑或黑夜？因為飛機升空飛行了一個小時之後，空姐便請所有窗邊的乘客關起窗戶。

我猜想關窗的舉動，大概是為了避免進入北極之後，過多的極圈輻射會藉由玻璃窗戶進入機艙內，為了保險起見，才將窗戶都關了起來。但也因此，無法一睹極圈的異境風光了。

我記得，北極圈會在秋季時，開始進入永夜的時節。

一開始，只是最北端的極點會經歷一天二十四小時的黑夜，隨著日子一天一天過去，陽光會逐漸無法抵達極圈地域，最後整個極圈區塊會經歷日夜都漆黑無光的晦暗冬季。直至隔年的春分，極夜範圍才會逐漸縮小，並開始永晝的循環。

如今這趟航程，正巧是北半球的秋季時節，也正好是北極圈永夜的起點。若開啟了窗戶往外觀視，是否會目睹窗外夜晚與白晝交會的臨界點呢？

隨著時間一分一秒的推移，白晝的界線越變越少，越來越退縮，直到整座天空都被黑暗的夜晚所包圍。極目而望，一天二十四小時都是黑黝黝的視野，無限延伸到大地的盡頭。

那樣的風景，究竟會是如何呢？

在一片漆黑的機艙內，乘客或睡或醒，我本來在這趟漫長的航程中，閱讀著京極夏彥的小說。讀到一半倦了，才會打起瞌睡，做了一場墜落於夜空的夢境。

如今雖然沒有了睡意，卻也不想太快把小說讀完。出發前，我只帶了兩本書，一本是京極夏彥的《今昔續百鬼》，另一冊則是宮部美幸的《寂寞獵人》，我想在接下來一個月的北美洲旅程中，慢慢讀完這些故事。

很幸運地，我能夠擁有這個契機，前往北美的佛蒙特州的藝術村駐留一個月，對於剛結束學業的我來說，是一個極其難得而珍貴的機會。

我很希望藉由這樣的機會，能心無旁騖地進行我的寫作計畫。

這時，鄰座傳來了窸窣響動，似乎是那位沉睡中的女孩正在低聲嘆息。是做噩夢了？或許，是我吵到她？

這時，機艙內的燈源開始逐一亮起，有些正在沉睡的乘客也陸續醒轉過來，搖頭晃腦，輕揉眼睛。

穿著制服的空姐推著推車，微笑著發放餐點。原來已是早餐時間。

等待前方的空姐過來之前，我思考著要中式的粥飯，或者是西式早餐時，鄰座的女孩抬起頭來，突然向我搭話。

「你好，我有一個問題想問你……」

我往左側轉頭過去，確定是鄰座的女孩開口。

鄰座的台南女孩

因為方才燈光始終昏暗，鄰座女孩的五官有些深邃，讓我一直以為她是外國人，沒想到她此刻卻以熟悉的國語跟我說話。仔細一瞧，有著小麥膚色的女孩，確實是台灣人的臉孔，古銅色的皮膚，對比著乳白色的飛機艙壁格外搶眼，外表彷彿是一名運動健將。

「不好意思，請問，這個表格應該怎麼填……」

原來是之前空姐發放的入境表以及海關申報表，在進入美國海關之前都要先填寫好的表單。

鄰座的女孩有些不確定在「攜帶商品價值」的欄位上，是不是要填寫隨身物品的價值，我跟女孩解釋，若妳不是要去做生意的話，這一欄其實寫「No」就可以了。

女孩露出了放心的表情，似乎也不再緊繃地皺著眉，很愉快地低頭填寫起表格。我們用完餐點之後，彼此便閒聊起來。

鄰座的女孩來自台南，因為是第一次搭飛機而感到很緊張。我說，相信妳這一趟旅途會有很多收穫吧！女孩笑了一笑。

「我會在紐約的甘迺迪機場轉機，轉搭美國國內航空的JetBlue，再往北飛，經過一個小時的航程，才會抵達佛蒙特州的伯靈頓機場。妳呢？也要轉機嗎？」

「是呀，我要在紐約轉機，再搭飛機去維京群島。」

「維京群島？好像離紐約機場有些遠。」在我的印象中，只記得維京群島是在加勒比海上的熱帶島嶼，不過我不太清楚確切的位置，「所以，維京群島是在哪裡呢？」

「這個……我也不太清楚，只知道應該是某個海島吧！」

「那麼，妳會去那座海島待多久呢？」

「嗯……大概是三個月吧，美國的旅遊簽證期限是三個月，我就剛好待三個月，在簽證過期前再搭飛機回台灣。」

黑膚女孩露出有些靦腆的微笑，提及因為有朋友在維京群島，邀請她過去旅遊。恰巧，她也剛好工作離職，有了空閑時間，便決定搭著飛機前往幾千公里遠的陌生國度旅行。

女孩的模樣羞澀，對著未知的旅程有著期待，也有不安，但興奮的神情也感染了我的心情，我們開始聊起彼此接下來的旅行計畫。

屬於我的行星

我思考著我自己的旅程。

遙遠的前方有什麼風景等待著呢？我不知道自己在佛蒙特州的一個月居宿生活是否會順利，也不知道自己選擇了寫作的道路，是否正確？我更不知道決定離開學院，會讓我的人生產生何種巨大的改變？

但，我早已決定了。

決定前行，決定往未知的遠方前去，儘管我不知道那樣的過程是否是永無止盡的墜落。

我不論思考了多久，最終的決定仍然是相同的。生活的路途上，就是捨棄與拾取的交替過程；為了獲得什麼，得先將雙手打開，放棄了舊有的事物，才能容納新的存在。

我究竟想要獲得什麼呢？有時候，這樣的疑問會不時來到我的心中，敲擊著我的胸膛。很多時候，我總無法給出一個確切的答案，我也不知道該如何尋找答案，在猶豫的那一刻，我墜落了……

我在永無盡頭的黯黑淵藪裡墜落，無法肯定自己的位置在何處，也不明白自己的努力，是否能獲取成果，但——轉念一想。

或許，墜落也是一種飛行的姿態。因為，我還在等待著起風，等待起風的時刻，能乘風而行。

凝望著女孩的臉龐，青澀的眼神有著堅決而果斷的色彩。儘管她說因為第一次搭飛機而感覺懼怕，甚至也不知道那座海島的目的地有什麼人事物等待著她，她也已經踏上了前進的旅途，在有些焦躁的長途航程裡，期待著下一站的風景。

這時，我倏然憶起了常讀的一本書《風沙星辰》，作者即是寫作知名故事《小王子》的法國作家安東尼．聖艾修伯里。

在這本散文集中，聖艾修伯里寫到了在撒哈拉沙漠的夜空航行的經驗。因為身為郵差，他必須駕駛飛機穿越撒哈拉沙漠執行送信的任務。

在某一次飛行中，他迷失了方向，眼看飛機的燃油即將用罄，他只能努力找尋協助登陸的機場指揮燈光：

就在我們已經絕望的時候，忽然在飛機左側看到地平線下有些閃耀的光點。一陣喜悅穿透全身。那無疑是機場的信號燈，因為天黑以後，整個撒哈拉沙漠必定是一片漆黑死寂。那光閃爍了一會兒，然後消失了！原來，我們不過是航向能看見幾分鐘的一顆星星，它剛剛在雲霧之間落下地平線。

儘管我們的油料越來越少，我們仍不斷地去咬一口那金色的誘餌，每一次我們都相信這次是真的信號燈，是真的降陸的承諾！但是，每一回我們不過是航向另一顆星星。

我們是在一千個不接受我們的星球之間迷路於太空了，我們只想找到那個真實的，我們自己的行星。回到那裡，才能回到我們熟悉的地方，我們的朋友和愛人都在那裡……

或許，我們都只是在一千個不接受我們的星球之間迷路了，在廣大浩瀚的宇宙太空中迷失了方向。

但只要我們心存冀盼，有著不滅的執念，或許……我們也將找到那個真實的，屬於我們自己的行星。

舌尖上的佛蒙特州

飛機即將降落在甘迺迪機場之前，我輕拍前座育萱的肩膀，想與她討論轉機時的航站位置。

這一次前往美國的佛蒙特藝術中心，有兩位作家獲選，一位是我，另一位則是新銳小說家陳育萱，方出版她的第一本小說集《不測之人》。育萱的小說，與我同樣都是在描寫鬼怪魍魎的神祕故事，儘管是十幾個小時前在桃園機場初識，我們兩人隨即很熱絡地聊起來。

下飛機前，與育萱討論轉機的航站時，也介紹了鄰座的小麥膚女孩與育萱認識。既然都是要轉機，我們三人便決定同行，往航站的轉機大樓過去。

在飛機上待了十五個小時，總算在美國時間晚上十點半抵達了甘迺迪機場。美國與台灣時差十二個小時，雖然是深夜，卻依然不睏，日夜顛倒換算成台灣時間，畢竟也才早晨十點多而已。因此，我們三人便決定先在機場的餐廳裡，度過了數個小時的轉機時間。

時近午夜，放眼望去，機場內大多餐廳都打烊了，我們在大廳中轉了一圈，沒有見到仍在營業的餐廳。最終，我們詢問了機場櫃台人員，才轉往第四航站裡，營業二十四小時的酒吧餐廳。

「Central Dinner」是一間小型的餐廳酒吧，屋簷鋪嵌著瑩亮的紫紅色氖燈管，在機場內的白牆灰磚之間格外顯眼。

我注視著櫃台前的各式菜單，十足美式小餐館，主打漢堡、薯條等等簡餐，當然也有昂貴的牛排餐。才剛在飛機上用過餐而已，我便隨意點了四盎司的漢堡餐。這樣的餐點，實在太過於貼切美國的刻板印象了，不知道之後抵達佛蒙特當地，會吃到什麼樣的餐點？

「不知道佛蒙特的料理會是怎樣？」育萱的疑問，真是恰恰說中了我的心聲。

「很期待之後去佛蒙特，能吃到咖哩呀。」我一邊咀嚼著附餐的薯條一邊說話，薯條有些乾澀焦黑，不太順口。不過，一說到佛蒙特，我的鼻翼便彷彿飄散著咖哩的陣陣香氣，濃郁而深厚的奇異馨香，悄悄刺激著我的味覺。

「佛蒙特的咖哩？」小麥肌膚的女孩轉頭問我。

「是呀，就是佛蒙特咖哩注。有時候在家煮咖哩，我會用超市裡販賣的佛蒙特咖哩來煮。所以我很好奇，佛蒙特當地的咖哩口味究竟是如何？」

對於千里之遙的佛蒙特州，儘管我一知半解，但在台灣市占率第一的「好侍牌」佛蒙特咖哩，卻是我十分熟悉的料理口味。

美國五十州之一的佛蒙特州，別名「綠色山丘」，Vermont源於法文的「青山」一詞。同時，佛蒙特州也是美國最早且唯一獨立過的共和國。不過，對於大多數台灣人來說，都會先以舌蕾的味覺，探嚐了這個詞彙的獨特存在。

以蘋果、蜂蜜融熬成的溫和咖哩，口味不會過分勁辣，反而讓人更覺得美味香濃，這就是「好侍牌」的佛蒙特咖哩。

如今，總算有機會前往這道咖哩所命名的原生地，心中不禁盼望起來，究竟當地的咖哩料理，會有什麼樣新鮮的味覺體驗呢？

小酒吧的角落餐桌上，我們在美食、旅行、以及天南地北的話題之中，度過了愉快的時光。

抵達瓊森鎮上的藝術家樂園

時鐘的指針，悄悄地滑向了登機前的預備時刻，我與育萱也向來自台南的年輕女孩道別。我們前往第五航站的美國內陸航空公司「JetBlue」的櫃台，懷著期待的心情，登機前往位於美洲東北邊的佛蒙特。

歷經了一個多小時的短暫航程，飛越了313英里的藍天，終於來到伯靈頓國際機場。

這是一個小型的機場，牆壁裝潢是頗為時尚的繽紛色塊風格，四周的牆壁與走廊，也放置了許多佛蒙特當地的人文歷史圖繪。在機場櫃台正上方，則橫放著一幅放大了好幾倍的一六〇九年的古圖，描述著四百年前歐洲人抵達此地，與拉弓射箭的原住民戰爭的圖畫。在機場二樓的廊道之間，也有更多歷史圖文的介紹，資料豐富多元，彷彿是一間小型的展覽館。可惜時間匆促，還要趕緊搭車前去藝術中心，想要一探究竟的好奇心只得暫時打住，等待日後返回此地搭機時，再慢慢觀賞吧。

機場不大，我們很快地便與藝術中心的工作人員和其他駐村者會面，搭車前往離機場一個小時車程，位於北緯44° 37'N的瓊森小鎮（Johnson）。

儘管時間是天氣清爽、陽光普照的午後時分，但因為時差的關係，再加上轉機的漫長等待，我的精神早已顛簸渙散。在迷迷糊糊之中，不知不覺，也與眾人在傍晚時刻順利抵達了瓊森鎮的佛蒙特藝術中心（Vermont Studio Center）。

在藝術中心的宿舍管理員帶領下，我先認識了藝術中心的周遭環境，以及我的宿舍「Diney's House」，一棟隱藏在河畔小徑旁的二層樓木屋。

雖然是老房子，但卻修復如新，房子右側倚靠著一棵巨大的老樹，幽然樹蔭遮覆著木屋，很有優閑鄉村的氣氛。房舍內有一間大客廳，擺放著搖椅、書櫃、簡易的廚房、共同使用的衛浴廁間，一、二樓各有三個房間。我的房間位在一樓，是一間五、六坪大的單人房，有衣櫃、單人床、一座書櫃、一個造型典雅的木造讀書桌椅，整體環境很清爽舒適。

至於屬於寫作者的工作室，則是位於「Diney's House」的左側，是一棟二層樓新英格蘭式的典雅白屋。

這一天，佛蒙特藝術中心在紅磨坊（Red Mill）內舉辦了歡迎餐會。這棟由穀倉改建成的朱紅色樓房，是整個藝術中心的心臟樞紐。一樓除了有餐廳之外，還有一間小型的畫廊展示廳，地下室是一座蒐羅齊全的美術書籍圖書館，而二樓則是藝術村的行政中心。

在畫廊展示廳中的餐會，所有的藝術家、作家們齊聚一堂。儘管都是初次見面，但每位藝術家都熱絡地握手聊天，介紹著自己，彷彿大學院校的迎新茶會那樣熱鬧滾滾，讓我因為時差而疲憊昏沉的精神也為之一振。

儘管與幾位美國的畫家聊了起來，但我卻飢餓地只將眼神飄向一旁的餐桌。距離上一餐的漢堡薯條，已是九個小時之前的事情了，我的胃囊發出了略微激烈的抗議。

可惜的是，儘管菜餚豐富，以及還有鬆脆可口的起士蘇打餅、幾瓶紅酒葡萄酒，但卻沒有心心念念的咖哩蹤影。雖然有些失落，但也不可能無理地期待，只要來到佛蒙特，便會是咖哩料理滿餐桌吧。

有幾位美國朋友，朝著吧台後方一位體型粗獷、留著棕黃色的落腮鬍的大叔打招呼，我才知道在在佛蒙特藝術中心，負責料理的大廚名叫馬克（Mark），也是瓊森鎮當地人。

「Thank you for your dinner.」我和善地向吧台後的大廚點頭。

「Hope you enjoy！」大叔咧開鬍子大嘴向我微笑，在吧台上方亮黃的燈光映襯之下，感覺十分淘氣。

在佛蒙特藝術中心的餐廳，早餐有培根、蛋捲、以及燕麥粥，還有提供烤土司。中餐和晚餐，則有義大利麵、咖哩飯、沙拉，並且也有甜食供應，例如草莓派、蛋糕、巧克力餅乾……等等種類。

等待了四天之後，我才總算品嚐到佛蒙特當地咖哩的滋味。

什麼是正港的「佛蒙特咖哩」？

迥異於「好侍牌」，在藝術村的餐桌上的咖哩醬汁，放入了一大堆的豆類，有青豆、番茄燉豆、無法辨識的黑色豆子種類。這幾天的料理，幾乎餐餐都有燉豆，將豆子燉煮到鬆鬆軟軟，再加上調味醬汁的燉豆泥，美國人極其熱愛。沒想到燉豆也能成為咖哩的主體，真是讓我有些驚奇。

事實上，我並不是很喜愛豆類的食物……不過，在咖哩配料中，則有馬鈴薯與雞肉，這樣的搭配與台灣的習慣相同。

作為咖哩配飯的美國米粒，尖長而瘦，與台灣米不同。奇異的咖哩醬，搭配上奇異的美國米飯，在舌尖上共譜出奇妙的味道……

雖然醬汁香氣四溢，但卻與以往熟悉的濃滑口感不同，反而多了一股生野的氣息。

在清淡甜味中，卻有著微微酸辣的味道，是檸檬味嗎？實在與我熟悉的佛蒙特咖哩大相逕庭。

我不知道馬克大廚所使用的咖哩，是否就是所謂的「佛蒙特咖哩」？或者，他也只是買市面上現成的咖哩塊，所煮成的咖哩料理呢？我在瓊森鎮上的一家大超市「Sterling Market」裡，也發現了「好侍牌」販賣的各種口味咖哩塊，當然也包括標示著「Vermont Curry」的商品。

之後，在美國的一個月時光裡，也吃過兩、三次的咖哩料理，每次的品嚐，總帶給我極大的文化衝擊。

一直以來，我所認識的「佛蒙特咖哩」究竟是什麼？它與位於美國東北部的「佛蒙特州」又有何關聯？

在好奇心的驅使下，我開始調查起名為「佛蒙特咖哩」的飲食文化。

咖哩美食偵探：台灣與日本咖哩的起源

我搜索著文獻紀錄，調查了幾本書，才總算對於咖哩在亞洲的美食歷史有所認識。

在日本，咖哩最初是在明治時期傳入，敬學堂主人在一八七二年出版的《西洋料理指南》是日本第一本描述咖哩食譜的書籍。被列為「洋食」之一的咖哩，在歷史的流轉中，逐漸被改造成適合日本人的在地口味。

在台灣，首次的咖哩料理紀錄，則是出現在英國人必麒麟（W. A. Pickering）的《歷險福爾摩莎》（一八九八年）書中。在前衛出版社重新編譯的版本（陳逸君翻譯），第九章節〈原住民、傭工與將軍〉的文字當中，擔任安平海關官員的必麒麟便敘述，他在一八六五年受邀登上停靠安平港的美國船隻，與美國船員共進午餐：

「幸而次日天氣很好，我們才有機會享受豐盛的美式餐食，比起海關平時的伙食——硬綳綳的水牛肉，瘦巴巴的家禽或咖哩田雞，真令人興奮！」

必麒麟的記載，證明了當時十九世紀之時，台南安平已有咖哩的料理方式，而且是「咖哩田雞」，也就是熬煮水蛙肉的咖哩餐。

往後，台灣在日治時期的三〇年代，日本公司「好侍牌」（House，ハウス食品株式會社）就開始在台灣販售咖哩粉，在《台灣日日新報》上刊登了一系列「好侍咖哩粉」的廣告。

咖哩飲食在台灣逐漸大眾化，是經由「好侍牌」、「S&B」等公司的宣傳，諸多咖哩品牌進入台灣，眾多餐廳才陸續將咖哩列入了熱門菜單。

戰後，日本的好侍食品公司持續研發出爪哇咖哩、調理包咖哩等熱門品牌之後，為了讓不喜歡太過辛辣口感的人們也能享受咖哩美味，便嘗試以蔬菜煮成湯底，或者加入水果等食材，最後以「甘口」為名號，在咖哩中添加蘋果、蜂蜜，才熬製出甘甜溫潤的咖哩口感。

「佛蒙特式」的咖哩口味甫一推出，除了在日本很暢銷，口感溫和滑順的咖哩，也受到台灣人的熱烈歡迎，成為台灣市占率第一的咖哩口味。從九〇年代以來，「佛蒙特咖哩」不只是暢銷於台灣、韓國、東南亞的咖哩市場，甚至也銷售至全世界。

儘管佛蒙特咖哩在台灣是人盡皆知的熱銷品牌，但事實上，佛蒙特州當地的美食，咖哩卻不見其名。我與幾名當地的美國朋友聊天，但對方對於我口中的「Vermont Curry」卻是一知半解，總是搖搖頭不知其然。如果抱著想要「朝聖」的心情來此地品嚐咖哩，可能將會大失所望。

那麼，為什麼「佛蒙特咖哩」會被稱為「佛蒙特」呢？我在日本版的《時代雜誌》中讀到伊藤牧子的文章，才對於「佛蒙特咖哩」的來龍去脈豁然開朗。

「好侍牌」在一九六三年推出了含有蘋果與蜂蜜的「佛蒙特咖哩」，是為了想改良人們對於咖哩的辛辣印象，而以溫甜調味的「甘口」、「輕度版本的咖哩」為口號，讓小孩子也能品嚐咖哩料理的美味。「好侍牌」的改良策略十分成功，從此數十年後，淋上「佛蒙特咖哩」的咖哩飯完美地征服了孩子們的味蕾。

當日本偶像歌手西城秀樹替「好侍食品」擔任了十二年之久的形象代言人，「佛蒙特咖哩」的美味也瞬間風靡於七〇年代的日本，時至今日儼然成為日本的國民料理。

不過，關於「佛蒙特咖哩」之所以命名為「佛蒙特」的根源，卻鮮為人知。

咖哩會命名為「佛蒙特」，確實與佛蒙特州有所關聯。

在一九五八年，當時有一位來自美國佛蒙特州鄉村的醫生D. C. Jarvis，出版了《民俗療法：一位佛蒙特州醫生的健康指南》（*Folk Medicine: A Vermont Doctor's Guide to Good Health*），這本書立即登上了紐約時報的暢銷書榜，在短短兩年內就賣出了一百萬冊的驚人數量。

這本暢銷書之所以有名，是因為作者提倡人們要吃「蘋果醋加蜂蜜」（honegar），說明這種健康飲食的特殊療法可以達到排毒瘦身、長壽養生的目標，因此在美國社會掀起了一股健康旋風。所以，當這本暢銷書介紹到了日本，這名醫生的飲食建議，便被稱為「佛蒙特健康法」（バーモント健康法），頓時蔚為風潮。

在七〇年代初期，正當「好侍牌」想推出新產品之時，便希望能趕上這股健康療法的潮流，於是將「蘋果醋」用蘋果代替，除了添加蜂蜜之外，也加入其他食材，例如番茄、洋蔥、豬肉高湯、果醬、牛奶與多種特殊香料，創造出滑順香濃的奇妙口感。也因為「佛蒙特咖哩」主打健康飲食，更讓日本媽媽願意將香噴噴的咖哩料理端上小孩子的餐桌。

「佛蒙特咖哩」，一開始確實是與佛蒙特州相關，但卻與佛蒙特的咖哩沒有任何關聯。若想要在北美洲的「綠色山丘」之中，找尋正統的佛蒙特咖哩，毋寧是緣木求魚。

也因此，當我抵達佛蒙特州的瓊森小鎮，在晚餐時刻滿心期待地品嚐起咖哩飯時，我舌尖上的錯愕可想而知。

當我明白一直以來的佛蒙特印象，原來只是一連串陰錯陽差的歷史因緣，不禁恍然微笑。

至於我在佛蒙特的瓊森鎮上吃到的咖哩，是一種全然陌生的驚奇口感。微酸的水果氣息圍繞於鼻翼，咖哩醬汁中藏有一種原始的粗獷，還有更多層次的細膩口感不停延伸……我無法確切形容那樣的咖哩味，也不明白咖哩醬中是否添加了什麼特別的食材。或許，要前去詢問馬克大廚，才能知道他究竟如何煮出這一道道咖哩料理。

或許，鬍子大廚使用的咖哩塊，正是在超市裡購買的「好侍牌」的咖哩包也說不一定。但餐盤中的咖哩醬，卻迥異於我以往吃過的「好侍牌」，也或許，馬克在咖哩醬汁的調理上，加入了當地人獨特的料理手法，例如以燉豆作為咖哩的配料？才會創造出這一種新奇而不可思議的獨特口味？

無論是咖哩，或者是佛蒙特，對我而言，仍舊是瀰漫著神祕氣息的未竟之地。

注　二〇一五年，駐紐約台北經濟文化辦事處與美國佛蒙特藝術中心合作，徵選台灣作家參與駐村計畫，因為讀到作家朋友陳又津在臉書張貼此消息，我才寄信申請。獲選後，感謝陳又津給予駐村事宜的一些建議，讓我受益匪淺。行前，閱讀她為永井荷風《美利堅物語》所寫的導讀〈佛蒙特沒有咖哩〉，行文詼諧，妙趣橫生，更讓我好奇佛蒙特州與咖哩的關係，並且寫下〈舌尖上的佛蒙特州〉這篇文章。因為很喜愛這篇導讀文的篇名，所以便向她詢問是否能拾她牙慧，將「佛蒙特沒有咖哩」作為這本遊記的書名，她欣然應允，在此由衷感謝。

離開我的草坪！否則就開槍

佛蒙特州是美國東北部的一州，北方的界線鄰隔加拿大，首府是蒙貝利（Montpelier），山峰綿延，居民多是早期美國新教徒與英國人的後裔，產業以農林牧業為主。

自古以來，佛蒙特州就是以政治激進聞名，甚至高舉著獨立的旗幟，想要脫離美國的掌握，成為一座自治國家。也因此，在網路「維基百科」中，對於佛蒙特的介紹，便說明：「佛蒙特州是美國第十四個州，以其美麗的景色、奶製品、楓糖漿和激進的政治而著稱。」

我除了對於「佛蒙特咖哩」有著莫名的想像之外，前幾年接觸到關於佛蒙特州的新聞，便是在二〇〇七年，電視報導在佛蒙特州正熱銷的一件商品，是印有「U. S. Out of Vermont」（美國滾出佛蒙特州）的T恤衫。

對於性格激烈的佛蒙特人來說，這件衣服除了成為一種時尚，更表現出他們強烈的政治傾向。

因為不滿布希總統的軍事行動、各種錯誤的民生政策，佛蒙特州甚至自組「脫離大會」，也在參議院提案要彈劾布希總統。數十名當地知識分子、學院教授，更聯合起來發表《綠山宣言》。他們的計畫是希望能脫離美國聯邦，宣布獨立，成為「北美洲的瑞士」那樣的新興國家。

在歷史上，佛蒙特從一七七七年宣布脫離英國而獨立，在一七九一年加入美國聯邦的前十四年，曾經就是一個獨立自主的共和國。因此，《綠山宣言》的心願並非憑空而來，而是立基於以往的獨立歷史，希望能回復當年佛蒙特州的自治精神。

當然，《綠山宣言》所提倡的計畫仍舊尚未成功。不過，在二〇〇七年，當地支持佛蒙特州脫離聯邦的支持人口調查，已達15％，是歷年來最高的支持率。

所以，當我在日後聽到一位佛蒙特人對我怒喊著：「Out of my laun！」之時，雖然詫異，卻好像能夠理解，也聯想到盛行於佛蒙特州當地的獨立運動。

黏土山丘上的怒吼聲

那是某一天，在紅磨坊吃午餐時，與同桌的美國女作家勞麗聊天，聽聞瓊森鎮的後山上，有一座風景優美的瀑布，很建議去踏青走一走。我與育萱都對這樣的提議感覺新鮮，便決定當天往山丘上走去，想要一探究竟。

在一座名為黏土山丘（Clay Hill）的小徑上，岔路蜿蜒，又正好忘了攜帶勞麗手繪的路觀圖，我們倆在小路上似乎迷了路。這時，路邊有一間一層樓的美國平房，煙囪散發出裊裊炊煙，我高興地走近房前的草地，想要問路。草地很大，幾乎就像是半座籃球場那般廣大，遠處有一個小男孩正在駕駛除草機。

「Hey! Out of my laun!」

尖細而粗魯的怒吼嗓聲在路旁響起，我轉頭望去，原來是在平房側邊有一位駕駛大貨車的碩壯女子朝我們呼喊怒罵。貨車女子似乎不想要讓我們踩到剛除完草的草坪，這時我猛然憶起了關於佛蒙特T恤的激烈宣言，原來不只是空言，生活在這片土地上的人們，似乎有很重的防衛心？

雖然女子的語氣不善，不過可以感受到對方的惡意沒有太強烈。育萱打趣地說著，也許等一下，對方就會拿槍對準我們呀！

幸好，貨車上的女子沒有拿槍出來。我略感歉意地朝她揮手致意，也靠近她，向她解釋我們迷路了，想向她詢問，附近是不是有一座瀑布？

貨車女子隨即鬆開了緊繃的臉龐，瞇著眼，降低著音量，表情稍微和善起來。她伸手指著小徑的另一端，告訴我們瀑布的地點要再往更前方走去。

雖然最終，那一天我們繞轉了許多路，仍舊沒有找到勞麗口中的「lovely waterfall」，但是在草坪上那一刻的短暫「對峙」，卻成了我們茶餘飯後的趣談。

我想，貨車女子並沒有太大的敵意，也並非因為她是「個性激烈」的佛蒙特人，只因我們不小心擅闖了屬於她的「領地」。

美國人對於自家的草坪，似乎有著難以想像的護愛之心。家家戶戶總是努力維持門前草地的整齊乾淨，花草鮮豔。鋤草，不只除掉雜草，也同時畫出了一道無形的「界線」，成為了每戶人家莊嚴的「領地」。若某戶人家門前草坪髒亂荒蕪，甚至會成為社區居民的眼中釘。

生活在美國，養草、護草、割草、除草是一件勞心勞力的差事，但任何美國人都熱在其中，絲毫不會在這件事上面打馬虎眼。時時刻刻都將門戶前的草皮修整完善，「草坪文化」是一件疏忽不得的重要大事，更是居住者無法推卸的義務與責任。若是任憑自家草坪荒煙漫草，鄰居輿論投訴也置之不理，甚至環保部門或州法院還會親自上門，在門板上張貼罰款通知書，要求限期改善。

最嚴重的案例，莫過於在二〇一四年，有一位田納西州的婦女凱倫．哈洛威（Karen Holloway），沒有及時修剪自宅後院的草坪，任由草坪雜草叢生，嚴重影響公眾瞻觀，因而被法院判刑要入獄五天。就算最後審理法官將刑期縮短，這名美國女子也在監獄裡待了六個小時。

美國人對於「社會空間」與「自我空間」的定義，是一個值得研究的有趣課題。

佛蒙特州的人們，是否擁有強烈的政治傾向，對於僅僅在瓊森小鎮生活一個月的我而言，是一個難以清楚認知的面向。至少我確實見識到，美國人對於自家宅前草坪的守護心態。

當我與佛蒙特當地認識的人們聊天，他們也沒有對目前由歐巴馬領導的美國政府有太多的抱怨。倒是與美國女畫家珍談到政治時，得到了很多關於美國人對於美國政治的觀察。

風姿颯爽的六十歲女畫家珍

珍是一位來自佛羅里達州北部的六十多歲老太太畫家，尤其對於二〇一六年的美國總統候選人川普嗤之以鼻。她很厭惡川普對於墨裔移民的歧視觀點，笑說著川普只是一個「政治小丑」。

珍爽朗愛笑，何時何地都活力充沛，說話與行事風格彷彿隨時帶著風火雷電。她性格大剌剌，敢講敢言，談論起任何話題也百無禁忌，甚至還會直去直來地說著黃色笑話，講完後還會稍微害羞地展現自己的靦腆神情，彷彿跟任何初次見面的人都能瞬間成為無話不談的知己朋友，實在很難想像她已是一名六十多歲祖母級的老太太畫家。有一次我在臉書上分享與她的合照，稱呼她「old lady」，結果她大為不滿，反駁說：「Not old. But hot!」我哈哈大笑，趕緊將臉書上的字句修改成了「hot lady」。

所以，儘管我們談論著嚴肅的政治話題，也總能在珍的珠璣妙言裡獲得新鮮的見解。我跟珍聊起了佛蒙特州的獨立運動，也說起台灣近年來如火如荼的「獨立」風潮，對方點頭讚許，說「自由」才是一個國家最重要的精神，像是中國或北韓那樣的政治制度，是很「ridiculous」。

話鋒一轉，珍問起了我的創作，我說我是在寫關於台灣的妖怪故事，我話語裡的「Taiwan monster story」、「ancient demons」，對方似乎還不太理解我的意思。我撇頭想一想，舉例說，就像是吸血鬼那樣的恐怖故事。

接著，珍也向我分享了她的創作故事，並邀請我在下次的「工作室開放日」（Studio Open Day）到她的工作室去觀賞她的畫作。所以，我便邀請對方，在之後的「朗讀日」（Lecture Day）可以來聆聽我的作品朗誦。

能與藝術家們、畫家們，分享彼此之間的作品，認識到美國的創作文化，是在佛蒙特藝術中心很大的收穫。

佛蒙特藝術村的起源

在八〇年代之前，瓊森鎮並不是一個以文化藝術基地著稱的地區。此地原先是歷史悠久的新英格蘭小鎮，雖然山林之間是風光旖旎的自然景色，但鎮上大多是年久失修的木造建築，山間小鎮面臨了沒落荒涼的窘境。

在一九八四年，約翰（Jon Gregg）與露易絲（Louise von Weise）夫婦兩人以六萬美元的價格，買下了小鎮中的一棟木屋，便開始他們為期三十多年的「藝術家社區共同體」的築夢之路。

約翰修整了小鎮上的破敗房舍，讓它們煥然一新，成為提供藝術家的宿舍或工作室。例如，作為藝術村主要建築的「紅磨坊」，原先也只是一座殘破老舊的穀倉。經過他們的一番努力改造，位於吸虹河（Gihon River）河岸兩側的「紅磨坊」與周邊的建築物逐一恢復如新。時至今日，總共有二十多棟木屋以及兩棟老教堂，都屬於佛蒙特藝術中心的房舍。這些房舍的用途，包含一棟寫作工作室大樓、一棟雕刻工作室樓房、四棟繪畫工作室樓房，其餘則做為宿舍、辦公大樓之用，成為全美國占地最為廣大的藝術村基地。而在藝術村中工作的職員，今年則已經增至三十五位之多。

約翰與露易絲希望打造出一座適合藝術創作的人文花園，提供藝術家們能無憂無慮進行創作的桃源鄉。恰巧，在《聖經》裡敘述，從伊甸園流出的河流「吸虹河」也是流經瓊森鎮的蜿蜒小河之名，約翰夫妻兩人的願望，似乎也構築出藝術家們心目中理想的創作伊甸園。

佛蒙特藝術中心的設立，讓瓊森鎮逐漸擺脫了蕭條氣氛。每一年來到藝術村進修的藝術家趨之若鶩，除了有美國內地的藝術家、作家，也包含著歐洲、亞洲各地的創作者。例如，這一個月與我同樣住進此地的駐村者，便包含美國、加拿大、阿根廷，瑞典、法國、英國，沙烏地阿拉伯、北京……等地的創作者。

為了維持藝術中心的營運，藝術村會讓創作者「以工代宿」，用勞力來換取住宿與工作室的使用，只要每周有三十個小時的工作時間即可。每年來到藝術村的創作者多達六百多位以上，其中三成可以獲得全額的補助金，三成的人能用「以工代宿」的方式獲得補助，其餘的人則需全額支付。

有一位美國作家湯米（Tommy），向我解釋起藝術村的概況。在美國的藝術村，通常每位創作者會有一棟單獨的小屋，提供做為住宿與工作室使用，平常藝術家之間不會有太多交流。但佛蒙特藝術中心卻會鼓勵創作者在大廳聚會討論，不只有工作室開放日，也有朗讀會、作品發表會。對湯米來說，能有機會和不同國籍的創作者有交流溝通的機會，十分新鮮有趣。

優雅的灰爵士湯米

湯米來自美國西部的科羅拉多州（Colorado），年約五十多歲，一頭灰白髮色，藍眼炯炯。初次與他會面時，他一身淡灰襯衫銀灰短髮，彷彿爵士一般，所以我暗中替他取了一個「灰爵士」的綽號。

灰爵士笑著說，來到這座藝術村，最大的好處就是不需要為小孩子煮菜，還有人會天天煮飯給你吃，我們只要專注在「寫作」這件事就好了，這真是一種幸福。

聽灰爵士說，他正在寫他的第一部長篇小說，趕著要寄給出版社，所以在藝術中心的一個月，勢必一定要趕緊將這部七百多頁的小說的最後部分盡力完成。灰爵士在科羅拉多從事教職工作，平時工作繁忙沉重，只有來到此處，才有空閑，能集中精神完成作品。

在第二個禮拜，我與灰爵士在紅磨坊的餐廳中同桌用餐，便討論起關於創作的理論。對他而言，創作是必須要一而再、再而三的修改過程，有時候看著自己的稿子，會覺得自己怎麼會寫出這麼荒謬糟糕的東西？有時候看著，卻會覺得挺不錯的，可是再看一眼，發現還是糟透了，怎麼修改都感覺思緒堵塞。

我告訴他，你太過於認真了！或許，要好好休息，或者出外走一走，這樣的話，靈感反而會自己找上門來。灰爵士不禁笑了起來。

灰爵士繼續跟我分享他的想法，他認為創作是一連串「壓縮」的過程，要將經驗、想像力、幻覺、情感……都濃縮成文字，化為一種更純粹的意念。我則回答說，有時這樣的意念，在虛無縹緲中實在很難抓住。

灰爵士點點頭，說明創作其實是一種神祕經驗的心領神會，例如文學藝術也經常與宗教有所關聯，或者像是威廉．布雷克（William Black）詩作中的神祕主義。我很認同灰爵士的想法，並且回答說，在布雷克的詩作中，對於自然界的嚮往，經常是很重要的書寫主題。

說到了自然界的神祕之處，灰爵士也跟我分享，在他的小說中，描寫了一種「愛爾蘭精靈」的存在，所以當他聽聞我也在小說中寫著虛無縹緲的鬼怪故事，我們便熱烈地討論起來，互相鼓勵在藝術村中的工作室中能順利完成各自的作品。我與灰爵士的寫作工作室，都是位於吸虹河南側河畔的「小牛寫作樓」（Maverick Writing Studios）。

小牛寫作樓的「不服從者」

「Maverick」的意義，除了指稱「小牛」（尤指未烙印飼主印記），也有「不服從者」的意涵，更可見佛蒙特藝術中心對於「寫作者」的期許，便是希望他們能表達出不同於主流意見的想法，不隨波逐流，不被世間潮流所淹沒。

外觀乳白色的寫作大樓有兩層樓，如同小鎮上的其他房子一般，屬於優雅復古的新英格蘭殖民風格建築（New England Colonial）。所謂的新英格蘭式建築，便是十七世紀最初的英國移民者來到佛蒙特時，帶來的中世紀英格蘭的傳統，構築出木造的房舍，以絨毛白蠟樹搭成直柱與橫樑，接縫處不使用鐵釘，而是以木釘、木栓來連接。這些房舍，通常都是二樓結構，中央有煙囪，會有小型的平開窗、菱形的窗格等等特徵，以及傾斜如同裝鹽盒子的「Saltbox」陡峭形狀的屋頂和山牆來增建生活空間。

這一棟寫作工作室的兩層樓，共有十六間作家工作室，整棟樓皆有Wi-Fi無線網路，而我的工作室位於二樓，在門牌上則寫著「Hayden Carruth Studio」作為標示門號。

工作室空間大約三、四坪大，內有一張長約1.5公尺，寬約70公分的紅色大木桌，一張透氣合成皮的工作椅，木製的長型書櫃裡置放著三本韋伯斯特字典，窗畔角落還有一張大型的綠絨沙發椅，讓寫作者能休憩椅上，凝望著窗外吸虹河的瀲灩風景。

寫作大樓整棟都有暖氣，儘管是嚴寒的秋冬時節，也能讓身體暖和。就算酷暑也不怕悶熱，每間房內備有電風扇，或者只要開窗，窗外溪河沁潤的氤氳水氣也能悠悠飄入房中，帶來一陣清爽宜人的舒服涼風。

不得不稱讚，佛蒙特藝術中心不只是在食宿方面提供完善，更打造出一座設備極其良好、能專心進行創作的工作空間。每天晨間用完早餐，總會看到許多作家捧著溫熱冒氣的咖啡，魚貫穿梭進入寫作工作室的木屋內，開始一天忙碌的寫作行程。某位女作家幾乎二十四小時都待在自己的工作室房間內，僅有餐膳時間才外出，並將餐點帶回工作室中，一邊咀嚼著麵包與沙拉，一邊趕著寫出一本新書，像是著了魔。

我對於那位女小說家的著魔狀態很認同，因為我也總是很難離開「小牛寫作樓」的舒適空間。在這座工作室的寫作空間裡，彷彿有一種魔力，能讓人放下一切，心無旁騖，盡情地投入寫作的工作。

我在藝術村中的一個月時間裡，發瘋似地將一部小說修改完成，並且也很順利地進行台灣妖怪百科全書的編纂工程。

在藝術村的生活裡，除了能專心進行寫作，更有趣的一點則是，有很多的機會能與美國的藝術家、寫作者進行交流，觀察到許多有趣的美國文化面向。

但其實，美國文化實在無法簡化成某種單一的象徵，畢竟每個地區的差異性質都很大。例如，儘管在新聞上得知佛蒙特熱中於獨立運動，但並非每位佛蒙特人都是如此激進。位於佛蒙特州綠色山巒之間的瓊森小鎮，也是處於城市與鄉村之間的邊界。我眼中的佛蒙特，僅僅只是管中窺豹，瞧見了一小塊豹紋而已。

今日，來到此處的美國藝術家、作家，大多是從大城市而來的創作者。許多人為了遠離城市喧囂煩惱，所以想追求一塊寧靜之地，享受著創作的樂趣，縱情徜徉於想像力的無限可能。因此，仍然保有懷舊風情、鄉村景致、森林原野、老式新英格蘭生活的佛蒙特，便成為他們首選的桃花源。

台灣關於佛蒙特的出版物不多，較為著名的翻譯作品便是大衛・馬密（David Mamet）所寫的散文集《佛蒙特隱士：劇作家、導演大衛馬密的鄉居歲月》，介紹他在佛蒙特居住多年的生活點滴，書中寫著：「寫作……是個非常孤獨的行業。一個人一整天獨自工作，渴望，納悶，夢想，假設。佛蒙特則助長所有這些態度」。大衛除了在書中描述佛蒙特大自然的靜謐與美好，同時也以邊陲之姿，深刻反省美國的城市生活、歷史文明、乃至於國家主義，究竟是否適當？他在書中言：「成功的獵人並不誇耀他能戰勝自然，而是認可和接受自然法則，並試圖更了解它們。」懷抱著這樣的理想，他在佛蒙特度過了三十多年的創作歲月。

遠離城市的藝術創作觀，歷史可以追溯至歐洲的田園繪畫「巴比松畫派」（Barbizon School）。在十九世紀法國，有一群畫家為了逃避巴黎城市的喧囂雜亂，便決定離開城市，前往位於巴黎南方五十公里之處的巴比松進行寫生繪畫。雖然當時的法國繪畫界流行歷史畫，畫家習慣在室內作畫，可是當一八三四年有人發明了管裝顏料罐，讓畫家能方便攜帶顏料、畫具出門作畫，許多畫家就愛上了出門寫生繪畫的樂趣。鄰近楓丹白露森林的巴比松，山明水秀、氣候宜人，隨即成為了巴黎畫家的世外桃源。藝術家們相繼踏上巴比松的鄉間小路，形成了所謂的「巴比松畫派」。

巴比松畫派並無一定的宣言，他們唯一的信仰便是「走向自然」，尊敬自然界的一草一木，致力於探索大自然的深奧祕密，在畫作裡展現出對於自然界的真誠觀察與感觸。他們反對學院派的矯揉，也不喜愛城市都會的浮華造作，他們期望能在大自然的純潔世界中，尋找到自我心靈的真實風景。當他們在室外進行了草圖的構圖之後，會再將畫作帶回室內完成。之後，印象派畫家受到了他們的影響，也開始嘗試在戶外進行完整的繪畫工作，巴比松畫派可說是開啟了往後戶外寫生繪畫的風潮。

巴比松畫派的理念，就猶如佛蒙特藝術中心的創辦人約翰的創辦宗旨，他之所以想建立藝術村，便是希望藝術家能不被浮世功利的價值所影響，他說：「我希望來到藝術村的人，不要將外界的成就與競爭心態帶來此處，而只是專注在享受創作的樂趣，以及和同好之間的平等交流。」

在約翰與露易絲的辛勤耕耘之下，這一座藝術村確實達成了他們心目中渴望的創作伊甸園。在這一座遠離大都會的鄉間小鎮上，創作者們得以摒除各種雜念，一心一意踏在藝術創造的道路之上。或許，對於這些創造者而言，只有在藝術文化上的國度，每個人才能找到屬於自己的「領地」，並且也願意邀請彼此，來到各自精心栽培的花園中，瀏覽各式各樣奇花異草，徜徉於這一座神祕的心靈淨土。

夜光草

來到藝術村的一個月裡，除了在「小牛寫作樓」的工作室埋首寫字，偶爾也會伸伸懶腰，在瓊森鎮上漫遊蹓躂。

小鎮時值深秋，豔紅金黃的楓葉在樹林間恣意閃爍。整座小鎮就像是被季節的縱火犯盯上了一樣，燃燒中的朱紅色占領了整座城鎮，片片紅葉紛飛於秋風，抬頭仰望，彷彿連青藍色的天空也是火舌綿延。

佛蒙特州境內森林茂密，林業資源富足，在瓊森鎮上，除了有松樹、雲杉、樺樹之外，最多的則是紅葉樹種，例如糖楓、三角楓、羽毛楓……各個品種的楓樹在美國東北角爭奇鬥妍。

這些香楓們在八月底會有一些枝條的葉片逐漸變色，在九月下旬轉為金黃色，到了十月則會完全蛻變成深紅色，當我在九月底來到此地，便幸運地參與了楓樹由綠轉黃、再由金變紅的大自然盛季。每天出門，我總會拍攝許多紅豔秋景，更拾取草地上的鮮紅楓葉，想要當作書籤。

有一回出門登山健行，循著佛蒙特十五號公路走，沿途碰到拉莫伊爾河（Lamoille River）之後，再向右轉進Hog Back Road，行走了約莫3.9英里的路途，便會抵達一座小山丘。在佛蒙特藝術村發給住宿者的地圖上，就在小山丘的山頂位置特別標明著「Prospect Rock：Great Views！」的字樣，實際爬上山顛，景色著實驚豔不已。

站立在一塊憑空裸露的巨大岩塊上，往西向下俯眺，好幾百里的楓紅山巒盡覽無遺，夕陽餘暉映襯著赤紅楓林，晶亮的山間水潭閃爍彷彿寶石，如詩如畫的景觀讓人癡醉。

走在瓊森的鄉鎮小路，除了讚歎沿途美不勝收的楓紅景致，也時常驚喜於各種奇妙的異國生物。有一次穿上了跑步鞋，正要前往瓊森鎮的後山慢跑運動，卻意外在鎮上邂逅了一隻棕黑色的浣熊。它察覺我的注視之後，便快速奔越馬路，害羞地隱匿在綠色的草叢之間，讓人追之不及。

甚至還有一次，在後山散步了一整個下午之後，正要下山返回宿舍之際，卻意外瞧見山坡的大馬路正佇立著三隻褐色水鹿，在傍晚的夕陽映射下，毛色絨亮晶瑩。兩隻大鹿一隻小鹿，轉頭斜瞥著我，彷彿是從精緻朦朧的古典風景畫裡跳出來一般。我還來不及反應，尚未將背囊中的相機取出來，牠們便一蹦一跳，飛躍進草坡旁的白樺樹林之間，即刻無影無蹤。

另一件奇異生物的目擊報告，則在我的工作室中發生，我還和它之間有了一番搏鬥。

居住在藝術村的前一個禮拜，我都受到時差的嚴重影響。美國與台灣的時間相差十二個小時，日夜顛倒，因此我白晝時總是昏昏欲睡，三更夜半卻會精神抖擻，充滿著工作的慾望。

於是，我總在晚餐之後，就逕自踏入「小牛寫作樓」的二樓工作室中，捻開台燈的開關，開啟了我的Acer銀白色筆記型電腦，開始打字。但每一晚，我卻會被闖進房內的巨大飛蛾打斷工作。

全身布滿紫黃色細毛的大型飛蛾，四片橘色羽翼各自鑲嵌著碩大的藍眼斑紋，迥異於我在台灣曾見過的飛蛾種類。它們一旦查覺到窗內的暈黃燈光，便會拍振著翅膀，從敞開的窗戶旋滑進屋，在台燈旁撲撲飛繞。

雖然我可以無視它們，專心在文字詞彙之中就好，但我一想到它們若被困在這房間內，無法再飛出去而餓死，便坐立難安。所以，每當飛蛾誤闖進來，我就會拿著塑膠袋，想抓住它們，再將它們釋放到窗外。不過，這些飛蛾們像是練過忍術一般，左閃右躲的技藝真是游刃有餘。

我顧慮到自己不能動作粗魯傷害到它們，所以綁手綁腳，在小小的工作房內東奔西跑，兩手揮舞著白色的塑膠袋，跌跤了數次，煞費苦勁才能將它們抓住，再將它們趕往窗外。

到了第五天之後，我才總算學乖，認命地將窗櫺關好，只留一點空隙。就算空氣有些悶熱不透風，但也好過整晚的時間都花費在捕抓巨大飛蛾的功夫上。

夜靜更闌，若是工作總算告一段落，可以鬆一口氣，我便會披起外衣，踅步漫遊於工作樓旁的河畔。

名為吸虹河的水流，在夤夜時分，總是響起潺潺如銀鈴般的水響，在小樓的工作室中總能清楚聽聞。漫步河畔，除了水聲悅耳，也會被河面上反射著橋上燈光的瀲灩亮影所吸引，若是銀月當空，河面上的光影更是燦爛繽紛。

吸虹河流之中，神祕的巨大水怪？

橫跨著吸虹河的橋墩名為「珍珠街橋」（The Pearl Street Bridge），我信步橋上，豎起衣領抵禦秋夜裡冷颼颼的寒氣，發現橋上的石欄杆鑲嵌著一面銅牌。

我彎下腰，憑藉著上方街燈的光輝，閱讀起銅牌上的解說文字：

「Dedicated to the Gihon and Lamoille rivers which brought Johnson life. July 29, 2010.」（吸虹河與拉莫伊爾河為瓊森鎮帶來盎然生機，謹將這座珍珠街橋獻予它們，設立於二〇一〇年七月二十九日。）

瓊森鎮的人們，尊敬著自然界賜予的萬事萬物，而眼前這一條蜿蜒0.2英里長的靚麗小河，以及境內另一條主要河流拉莫伊爾河，皆象徵著瓊森人的驕傲。

「Gihon」這個名字，則是源自於《聖經》的第二章節，傳說流經伊甸園的第二條河流，流域環繞「古實」全地，便是名為「Gihon」的河流，其義為「川流溢滿」，也隱含著「驕傲、聞名」之義。聖經中所謂的「古實」，則是指非洲大陸的東北地區，經由吸虹河流域沃養出的古代文明，傳說便是千年前的埃及王國。

如今，在北美洲的東北山巒間，也有一條同樣名為「Gihon」的小河，由東向西流，與拉莫伊爾河匯流成大河，接著河流往西綿亙32英里長，最終流進佛蒙特州的第一大湖泊「尚普蘭湖」（Lake Champlain）。

尚普蘭湖是一座南北狹長型的淡水湖，長達125英里，深約400英呎，橫跨了佛蒙特州與紐約州。這一座湖泊最為世人熟知的特殊之處，便是傳言在湖中有「巨大水怪」的神祕存在。

從一八八三年有人見到「湖中水怪」身影以來，迄今為止，已經有三百多件的目擊案例，據說是像尼斯湖水怪那般的蛇頸龍怪物。因此，許多觀光客慕名前來湖畔之城伯靈頓（Burlington），想要尋找恐怖的遠古水棲爬蟲類的奇奧蹤影。

湖怪之名，越傳越興盛，佛蒙特人們也非常自豪於尚普蘭湖的水妖傳說，就將湖怪暱稱為「尚普」（Champ、Champy）。而尚普蘭湖附近的原住民部落，自古以來所流傳的湖中海蛇的神話故事，則將它稱為「Tatoskok」。

在大衛．馬密的《佛蒙特隱士》書中，也提及了這隻神祕的湖中魚龍：「讓我們暫時引用榮格（Carl Gustav Jung，瑞士心理學家）的說法，也許那隻海怪只是潛意識的信差——從我們野蠻內心深處升起的史前倖存動物，提醒我們一個遠勝於文明的基本概念。」

尚普蘭湖怪成為了佛蒙特州人的驕傲，也因此，佛蒙特棒球聯盟不只是將湖怪選為他們的吉祥物，原名佛蒙特博覽會的球隊更改名為「佛蒙特湖怪隊」（Vermont Lake Monsters）。當我第一天抵達伯靈頓機場，便在機場的販賣店中，看見售架上的湖怪球隊T恤，衣衫上印著Q版可愛的湖怪吉祥物，彷彿恐龍的外型，綠色的皮膚與長尾巴，有著一張淘氣的臉龐。

水怪的真實模樣，繪聲繪影，無人知其詳細。甚至有人斷言，湖怪傳說是佛蒙特州的人們為了提高觀光收益，因此仿照尼斯湖水怪，憑空捏造出來的商業陰謀。

但在數年前，也就是二〇〇九年的五月三十一日，一位當地居民艾瑞克．埃爾森（Eric Olsen）在日出時意外發現湖面出現水怪蹤影，他隨即用手機拍攝下長達兩分鐘的影像，影像中清楚的記錄了一隻長頸動物正在水面上悠游，時浮時沉。當艾瑞克將影像上傳到Youtube之後，短短幾天，這段影像成為了網站上最熱門的點擊項目，被網友評為至今為止最清晰的「湖怪證據」。

無論傳聞是真是假，對於喜愛聆聽妖怪故事的我來說，尚普蘭湖怪的神祕蹤跡，足以讓人浮想連翩。幻想著，若真有湖怪存在，連接著尚普蘭湖的吸虹河，可能也會成為湖怪偶爾潛游而來的地點吧！

昏晦幽冥的深夜裡，我倚靠著珍珠街橋，俯望橋下悠悠河流，石灘上激濺的水花捲著白色碎沫，漂浮著夢幻的氣息。在異鄉的這一夜，彷佛所有不可思議的奇思幻想，皆能成真。

詩人海頓的佛蒙特之夜

有些夜晚，我也會穿上運動鞋，在街燈的輝映下，慢跑於瓊森鎮的小路上。

瓊森鎮的夜晚很靜，非常的靜，畢竟這裡只是人口數三千多人的鄉間小鎮。晚上七點之後，鎮上商店都會關門打烊，只剩下二十四小時營業的自助洗衣店還閃爍著招牌燈光。

路徑旁，一叢一叢北美洲特屬的乳草植物，在晚風的吹拂下輕盈搖晃，紫色、粉色、紅色的花瓣在街燈的照射下格外朦朧，葉脈上的絨白細毛彷佛散發著模模糊糊的微光。此刻此景，我總會聯想起詩人海頓的名詩中，吟詠著佛蒙特鄉間乳草類植物，在夜裡發光猶如一片片「Silver leaves」。

海頓．卡魯斯（Hayden Carruth，1921～2008）是一位美國名詩人，寫過數十本詩集，曾獲得美國國家圖書獎的詩獎，也獲頒佛蒙特州的州長勳章，因為他中年移居到佛蒙特州之後，寫作了許多關於佛蒙特鄉間生活的詩作。我在「小牛寫作樓」中的工作室房間名字「Hayden Carruth Studio」，便是以這位詩人為名。

初次來到工作室的時候，我對於這位作家並不熟悉，某次去瓊森鎮上唯一的獨立書店「Ebenezer Books」時，與年輕的女店員聊起書架上美國當紅的暢銷小說時，我抱著姑且一試的心態詢問著，是否有名叫海頓．卡魯斯的書籍？女店員微笑著，告訴我關於這位詩人的故事，也說詩人的遺孀目前正住在隔幾條街的住宅區。

在女店員的推薦下，我以十二塊美元的價格，買了一冊海頓的詩作選集《從雪與岩、混沌之間》（*From Snow and Rock, from Chaos — Poems, 1965-1972.*），書中收錄了海頓的三十六首短詩。

在海頓晚年，曾有人問他，在一生的寫作裡，他對自己哪些詩作最為印象深刻？海頓略為考慮片刻，便說：「在短詩裡，我特別喜歡〈夜幕下的奶牛群〉（The Cows at Night）。」這一首詩作，也收錄在這一本詩集之中，是我很喜愛的作品，彷彿能在字裡行間嗅聞到佛蒙特夜晚與眾不同的鄉村情調，餘韻無窮。

我嘗試著，將這一首詩作翻譯成中文。

〈夜幕下的奶牛群〉

今夜之月彷佛盈滿光輝的圓盅
太沉厚了，因而陷進薄霧中
一陣黑暗過後，旋即又迎來光明

隱隱約約的星辰微光以及路畔
有著銀色葉片的乳草植物們
在我車前閃爍著不可思議的夜光

我總是喜愛在深夜裡駕車
馳騁於夏季，橫越於佛蒙特
穿梭在霧氣瀰漫的褐色小徑

在灰黯的山巒裡，農場之間

好安靜，我總會凝望著
在沿路綿延不絕的柳樹林之中

那一群奶牛，我總會倏然想起
牠們正在那裡，猛烈的
呼吸氣息在黑闇中如此靠近

我停下車，拿起我的手電筒
走進草場的籬笆。牠們橫躺著身軀
將頭轉向我的方向

黑闇中，憂傷而美麗的臉龐
我數著，一共有四十頭奶牛
在草場中或近或遠

轉身面對著我，憂傷而美麗
彷彿很久很久以前的那些女孩們
有著天真的臉龐

她們因純真而有了感傷
她們因感傷而美麗
我關去我手中的燈光

而我不想離去，一點也
不想遠離，也不明白該做什麼
若是我停留了

在這巨大的黑闇中，我又能
解釋什麼嗎，任何解釋都可以？
我兀自佇立籬笆旁，這時

非常溫柔地，夜空飄落了雨絲

附上英文原詩：

The Cows at Night

The moon was like a full cup tonight,
too heavy, and sank in the mist
soon after dark, leaving for light

faint stars and the silver leaves
of milkweed beside the road,
gleaming before my car.

Yet I like driving at night

in summer and in Vermont:
the brown road through the mist

of mountain-dark, among farms
so quiet, and the roadside willows
opening out where I saw

the cows. Always a shock
to remember them there, those
great breathings close in the dark.

I stopped, and took my flashlight
to the pasture fence. They turned
to me where they lay, sad

and beautiful faces in the dark,
and I counted them — forty
near and far in the pasture,

turning to me, sad and beautiful
like girls very long ago
who were innocent, and sad

because they were innocent,
and beautiful because they were
sad. I switched off my light.

But I did not want to go,
not yet, nor knew what to do
if I should stay, for how

in that great darkness could I explain
anything, anything at all.
I stood by the fence. And then
very gently it began to rain.

瓊森鎮的夜晚，隱藏著諸多祕密，只有好奇的眼睛，才能觀察到各種細膩之處。我想，這短短一個月時光，肯定無法將北美洲夜晚的秀麗一覽無遺。

漫遊在夜晚的鎮上，天空逐漸轉亮，翻起了魚肚白的天色。氣溫十度以下的深秋鄉鎮，就算暖陽升起還是會冷風凍骨，一吐氣都是白晃晃的煙霧。轉身睨去，吸虹河上的河灘大岩石上，有十幾隻綠頭鴨呱呱輕鳴，河面上的水氣氤氳旋轉。

翹望著紅磨坊的煙囪，正升起了乳白色的裊裊炊煙。

買賣故事的紅磨坊

在日本的漫畫《七龍珠》之中，有一個神祕的練功場所，名叫「精神時光屋」，是由天界的神所管理，在時光屋中的一年，等同於外界的一天。也因此，只要進入精神時光屋中，就能夠以超越極限的方式，修練出高超卓越的武藝。

在佛蒙特藝術村中「小牛寫作樓」的一個月寫作經驗，我時常不知不覺想起《七龍珠》故事裡的幻想橋段。每次只要推開「Hayden Carruth Studio」的紅色木門，總讓我產生錯覺，感覺自己彷彿踏進了「精神時光屋」中的奇異境地，能在專心一志的精神狀態中埋首書寫。我很欽佩打造出這種「精神時光屋」的創建者夫婦。

我在瓊森鎮的藝術村中，除了專注寫作，也能夠有機會與其他國家的藝術家一同聊天，討論彼此的創作觀，這是一件很新奇的體驗。在前往佛蒙特之前，想要更瞭解關於「藝術村」、「藝術社區」的基本概念，我閱讀了池農深先生撰寫的《嚮往之城：慢食者與藝術家的十六座城市再生運動》，書中所提及的佛蒙特藝術中心運作方式，讓我心嚮往之。

在美國的一般藝術村中，駐村藝術家大多是個別創作，難以有機會與其他藝術家進行頻繁的交流。因此，佛蒙特藝術中心的規畫，讓許多藝術家、作家有機會與其他人切磋討論，這是難能可貴的交流機會。

我目前正在研究台灣有史以來的各種妖怪記載，在駐村期間，我也與灰爵士——小說家湯米——聊起了怪物的話題，更在他的口中聽到他小說中關於「愛爾蘭精靈」的傳說，所以我們就在紅磨坊的餐桌上分享了彼此的妖怪故事。這時，在木頭餐桌的另一邊，一位來自紐澤西州（New Jersey）的藝術家女孩，也插進話來，說起她故鄉流傳謎樣惡魔（The Jersey Devil）的怪談。

每一個禮拜在周二的「朗讀日」晚上，藝術村中的老教堂「Lowe Lecture Hall」之中，都會舉辦定期的朗讀會，在「小牛寫作樓」中的作家們會在那一晚朗誦自己的作品給眾人聆聽。我則在這場聚會裡，朗讀了我的小說〈魔神仔〉，雖然分享時間只限定短短的十幾分鐘，不過許多異國朋友，對於這種「拐騙小孩、吃小孩」的怪物，感到興味盎然。當我朗讀結束之後，也與我分享了他們對於這個故事的看法。能將台灣獨特的怪物故事分享給外國聽眾，是一個很新鮮的體驗。

在佛蒙特藝術村中，我們都交換著彼此的生活故事，不論是文學，或者是藝術、文化的觀點。藉由這一座分享的窗口，我們得以窺見廣袤世界的另一種風景。

也因此，我總會聯想起卡爾維諾（Italo Calvino，1923~1985）的《看不見的城市》這本小說，在〈貿易的城市〉章節中描述一座「交易記憶」的神奇城市「歐菲米亞」：

迎著西北風走八十哩，你就會抵達歐菲米亞，每年的夏至和冬至、春分和秋分，七個國家的商人會聚集在這裡。載著薑和棉花到來的船，揚帆離去的時候會裝滿阿月渾子果仁和罌粟籽，而剛剛卸下荳蔻和葡萄乾的商旅隊，正為回程把一捲捲的金色棉布裝進鞍囊。

不過，這些人渡過河流跨過沙漠，並非僅僅為了買賣，因為在可汗的帝國版圖內外，任何地方的商場都可以交換貨物，在腳邊用以陳列商品的，同樣是黃色的草蓆，有同樣的防蠅布篷，用同樣的虛偽減價作招徠。你到歐菲米亞來並非僅僅為做買賣，也為了入夜後靠著市集周圍的篝火，坐在貨袋或大桶上、或者躺在成疊的地毯上聽故事：

如果有人說一聲—例如「狼」、「姊妹」、「寶藏」、「戰役」、「疥癬」、「戀人」——其餘每個人就得講一段狼、姊妹、寶藏、疥癬、戀人或者戰役的故事。

歸途是漫漫長路，當你離開歐菲米亞，這個夏至和冬至、春分和秋分都有人買賣記憶的城，為了在搖搖擺擺的駱駝上或者晃蕩的木船裡保持清醒，你知道自己會逐一搜索記憶裡的故事，而你的狼會變成另一頭狼，你的姊妹變成另一個姊妹，你的戰役變成另一場戰役。

或許，現實世界中，無法像歐菲米亞的人們，能夠遺忘自己的記憶，替換上他人的記憶那樣奇妙。不過，在這一座美國藝術村中，我們確實也在講述著各自的記憶與故事。每個人都以自己獨一無二的故事，向他人交換對方的一段故事。

在瓊森鎮的紅磨坊餐席上、或者是老教堂的朗讀會中，我們交換彼此的記憶，買賣彼此的經驗。我們來到此地，除了渴望創造自己的故事，也盼望著聆聽其他旅者們的故事。

在佛蒙特藝術中心，除了結識珍與湯米之外，還有一名來自瑞典的詩人「帕」也是我在藝術村中認識的朋友。

與瑞典詩人「帕」的交流

帕（Pär Hansson）是一位來自瑞典的詩人，每逢午、晚餐時刻來到紅磨坊，我們總恰巧坐在同一桌，彼此便打開了話匣子。

帕大約五十多歲，高高瘦瘦，一頭棕髮，習慣在後腦勺紮著短馬尾，有些不修邊幅，有點落拓吟遊詩人的感覺。

我介紹自己來自台灣，是亞洲的一座海島，帕聽聞過台灣名字，卻不甚熟悉。接著我說起了自己的小說作品，是在講述關於古老海港的奇幻故事，帕便說瑞典很多讀者都很喜歡奇幻小說的劇情，例如他的十歲女兒便將六大冊的《哈利波特》（*Harry Potter*）整整翻讀了兩次，而他的小兒子則是著迷於《飢餓遊戲》（*The Hunger Games*）的故事劇情。接著，帕便和我熱烈討論起奇幻文學的各種風格。

有一次的討論中，帕說起了對於日本文學的景仰，與我聊起日本名詩人松尾芭蕉的作品。帕對於日本俳句文學很嚮往，很讚許日本的古典短詩只以短短的三句話，便能寫就一首飽含巨大情韻的詩作，在詩中也能充分表現大自然的各種風貌，形式簡單，意象卻餘味無窮。

我很喜愛芭蕉的詩作，有一年也曾造訪芭蕉《奧之細道》筆下的遊歷地點，所以我也與對方開始討論起日本俳句的形式美學和內涵。

談著談著，帕對於台灣也產生了興趣，便詢問我，有什麼台灣作家的作品可以閱讀？於是我推薦了吳明益的小說作品。我拿了一張紙，寫下《複眼人》（*The Man With the Compound Eyes*）的書名，推薦這一本有英文翻譯的台灣小說作品。作為回報，帕則寫下了瑞典作家托馬斯・特朗斯特羅默（Tomas Transtromer）的名字，很推薦我閱讀這位諾貝爾得獎詩人的作品。我閱讀了數首托馬斯的詩作，發現他會採用俳句的三行詩形式來作詩，似乎瑞典詩人們都很欣賞日本短詩的精緻美學，也將這種作詩方法視為修練詩藝的磨練功夫。

來自瑞典的帕熱愛釣魚，某天早餐時光，這一位瑞典詩人似乎精神不繼，眾人便問他，昨日下午去釣魚，收穫如何呢？

帕聳聳肩，一副深不可測的表情，讓人猜不透究竟是滿載而歸，還是悻悻然無所獲？

紅磨坊內另一名睡眼惺忪的人，則是鄰桌的法國女孩，一頭褐色捲髮，臉頰有著棕色的雀斑。她總在紅磨坊餐廳的角落，拿著一杯熱騰騰的咖啡獨自啜飲，來去無影無蹤，我始終沒有機會與她聊上幾句。聽其他人說，法國女孩甫來此地，便失眠了十幾個晚上，既然總是無法順利睡眠，所以她就在晚上辛勤作畫。雖然我在瓊森鎮待了一個月的時間，卻始終沒有機會得知這名法國女孩的名字。

在藝術村中，儘管用餐時間可以與其他創作者有所交流，不過也並非隨時有機會能好好認識所有的住宿者。因此，每個禮拜固定的「投影片日」（slide show），可以讓藝術家以投影片介紹自己的創作，而「朗讀日」以及「工作室開放日」，也是一個認識彼此作品的好機會。

藝術村的工作室開放日

在工作室開放日，每個人可以自由自在，前往各個藝術家的工作室參觀，看看眾人在藝術村的日子裡，是否創造出什麼精采而有趣的作品。而藝術家若不願意他人參觀自己的工作室，則只要將自己的工作室房門關好，便不會有人擅闖而入。

在藝術村中，提供給藝術家的工作室樓房有五棟，分別是沃甫・肯工作室（Wolf Kahn Studios）、雕刻家工作室（Schultz Sculpture Studios）、舊消防站工作室（Firehouse

Studios）、教堂工作室（Church Studios）、芭芭拉・懷特工作室（Barbara White Studios），每一棟樓房，都能容納十到二十名的藝術家。這些工作室樓房，都是佛蒙特藝術村將鎮上原有的老舊房子修復之後，改造成適宜藝術家工作的空間。

如今，外觀古色古香的工作室，一走進去就會即刻聞到濃烈的油畫顏料氣味。每一扇門後，都是五顏六色的祕密畫室，讓人眼花撩亂，滿心欽佩著創造出這些燦爛畫作的藝術家。

我很喜歡一名阿拉伯裔畫家的創作，她名喚阿曼拉（Amena Tinwala），有著黑皮膚，嬌小個子，年約三十幾歲，在沃甫・肯工作室作畫。她擅長繪畫水墨，經常在白色的絹紙上塗滿大大小小的墨汁泡沫，也會在圖畫中摻雜著日本文字，在墨色線條的旁側寫著「狂喜」、「花」、「道」等等的巨大漢字。在工作室開放日參觀她的畫室時，許多人對於她特殊的技法感到好奇，紛紛開口詢問，如何能畫出比例完美的圓形泡沫？雖然我並不太通曉美術，但我覺得她的作品似乎頗有劉國松的水墨氣氛，很強調墨色的水波紋路，只不過劉國松的水墨是彩色畫，而阿曼拉則是只用黑色的墨汁作畫。

在芭芭拉・懷特工作室裡，有一名來自古巴的畫家侯黑（Jorge Wellesley），擅長用「字母」的形狀來構成繪畫本身。譬如，他有一幅畫作，描繪著一座島嶼城市，在島的上空，出現了一個巨大的「Que」的字母，這是西班牙文中「What」的意思。巨大的字母，漂浮在高樓大廈之間，造成了極為強烈的視覺震撼。當我參觀侯黑的工作室時，他正在繪畫一個大型公共藝術作品的草圖，想要在草地上用巨大金屬圓球排列出「Ego」的圖形。侯黑露出淘氣的表情，告訴我說，當人們走近時，看到金屬鏡面上的影像，就彷彿能看到「自我」（Ego）。

來自愛爾蘭的金髮女子克莉絲蒂（Christine Rebhuhn），二十多歲，身材高挑，標準模特兒身材，長長的波浪金髮盤髻在頭上，風姿綽約，恰巧住在我的樓上，經常聽到她的靴子聲叩叩敲擊樓梯木地板的聲響。她的工作室是在「舊消防站工作室」裡，創作多以大型裝置藝術品為主。在藝術村的一個月裡，經常能從窗戶外瞥見她拿著槌子正在敲擊鐵片，製作出汽車的上半部形狀，放置在地上，就彷彿車子沉入流沙地面般有趣。在「投影片日」中，她還展示了一件作品，是將一隻巨型的毛絨襪子放在房子的破洞中、或者浴缸底下，呈現出被卡住的心緒，很幽默地呈現了奇妙的生活感。

來自紐澤西的女孩丹妮拉（Daniela Puliti），則是一名編織藝術達人，她的工作室也是位於「舊消防站工作室」。只要一走進她的工作室裡，就會看到滿滿一屋子都懸掛著五顏六色的絲線、棉絨、或者衣服的碎布。她就像是蜘蛛女王一般，巧妙利用這些原料，編織出圖形繽紛亮麗的各種絲織品。

在「教堂工作室」裡，我則是對丹尼（Danny Glass）的畫作最有好感。丹尼來自佛羅里達，是一名有著棕色鬈髮大鬍子的魁梧男子，喜愛用大色塊的綠色、紅色顏料描繪人物臉部表情，揮灑出極具戲劇張力的人物畫。除此之外，他以勞動者為主角的畫作裡，也能很精細地表達出勞動者的肌肉線條。

雖然我對於美術繪畫一竅不通，不過在與每一位藝術家聊天的過程，也能體會到每一位藝術家對於美術創作的濃濃熱情。經常聽到「藝術無國界」這樣的口號，直至此刻，我似乎才逐漸體會這句話的意涵。

對我來說，不論是寫作，或者是美術繪畫、雕刻，同樣都是一種無中生有的「創造」過程，將心中的想像力無限擴大，幻變出許多奇妙而不可思議的景象。我想，對於創作者而言，能將自己心中所思所想，具體捏塑出形象，並且讓他人理解自我的意念，就是一種幸福吧。

雪中的蝙蝠茶屋

緩步踅走在有些荒涼的樹徑之間，林梢傳來零零落落的拍擊聲，瀝瀝嘩嘩的音符逐漸聚集、擴大、延展開來——我驚訝地抬眼仰望，一片一片雪花，悠悠蕩蕩地飄落下來，肌膚輕拂著些微寒意。

下雪了。

落雪聲在山林之間，彷彿像是銅鐘在很遠很遠的遠方震響著，山裡的每一片樹葉，都同時共鳴著異質古怪的旋律。

我在山裡走了多久了呢？一個小時？還是兩個小時了？

午後，前往蝙蝠茶屋

這一天早晨，我一邊吃著藝術中心所提供的烤吐司作為Brunch，一邊就在吸虹河畔的工作室寫稿。我正在分析台灣歷史文獻中關於「落漈」的各項記載，想要釐清這一座奇妙的深海大漩渦，是如何出現在台灣的黑水溝海面上。

鋪天蓋地席捲而來的文言文迷宮，像是深奧難解的咒語那樣，總讓我頭昏腦脹。說實話，我非常厭惡文言文，可是為了要更加理解台灣的奇譚故事，勢必要從「台灣文獻叢刊」的書海裡尋找蛛絲馬跡，這是研究台灣奇譚絕對無法躲避的重要過程。

好不容易將預定的文稿進度寫完了，總算鬆了一口氣。為了稍微休息一下，便翻讀起書櫃裡宮部美幸的小說《寂寞獵人》。

奇妙的推理故事，總是我休息時光的紓壓讀物。

這本小說裡其中一個章節，講述著即將結婚的新嫁娘，本該要欣喜地走入禮堂，卻為了謀取龐大的財產，而對親姊姊痛下殺手，甚至還嫁禍無辜的他人。當謎題揭曉，除了錯愕，更讓人感覺悲傷。這本小說中的故事，大抵都是如此無奈的黑暗結局。

讀到中午讀得倦了，窗外晴亮的陽光悄悄滑入室內，曬得雙腳有些癢。

窗外天氣真好，看起來就像是個適合郊遊的日子。

轉念一想，憶起了前幾日在紅磨坊晚餐時，與女作家勞麗聊天，她推薦了附近山丘上的一間茶屋。這一天剛好是周日，也正好是那間名叫Fledermaus Teahouse的茶屋營業的時間。

Fledermaus，即是德語中「蝙蝠」的意思。蝙蝠茶屋，這樣的名字激起了我的好奇心，難不成是一座位於岩洞深處的咖啡廳嗎？

遠在異國，任何奇妙的辭彙都足以成為某種不可思議的想像謎境。

這間茶屋的營業時間很短暫，一個禮拜只從週四營業到周日，每天營業時間甚至也只從下午五點到晚上七點。至於今天周日，才會營業整個下午。

據說，這間茶屋因為壁爐的暖氣設備不太好，無法應付冬季的客人，所以茶屋也將在下個禮拜正式歇業，直到明年的四月春天才會重新開張。

揉著疲疲的雙眼，放下了手邊的小說，我盤算著停留在瓊森鎮的剩下時日。五天之後，就要搭飛機離開了。不如趁這個機會，去看看這間位於山中的神祕茶屋吧。

我走出了Maverick Writing Studios，沿著珍珠街橋踱步過河，往山上的方向前行。這條小路也一向是這個月來，我所習慣的散步小徑。

沒想到，才走了十幾分鐘而已，在綿延的山路上便遇見了北美洲早冬的降雪，讓我格外訝異。

邂逅北美洲的初雪

前天，我在工作室埋首寫稿時，意外聽見窗外傳來異響，是雨水聲嗎？不過，這聲響卻不太一樣……轉頭望去，才看見窗外飄起了一陣濛濛的雪花，靜靜飄飛在吸虹河的水面上。那一陣初雪，才短短五分多鐘就停了，甚至來不及走出戶外感受初雪的風景，雪便歇停。

本來以為那樣的初雪，只是驚鴻一瞥罷了，畢竟現在的時節仍是秋季，還不到落雪的季節。與街角書店「Ebenezer Books」的老奶奶店員閑聊，她也對今年過早的降雪嘖嘖稱奇。

沒想到離開美國之前，還有幸一睹雪景。

在山路上，凝望著一片片如絲如絨的白雪，我的心緒也隨之飄舞……

十月，是北美洲遍地楓紅的季節，前幾日的山頭仍然是滿滿的紅豔楓葉，這一天竟細雪霏霏。在北美洲，季節遞嬗的轉速真快，讓來自亞熱帶島嶼的我，感到有些頭暈目眩。

白雪從半空中紛紛飄落，雪霜落在地上的紅葉堆，像是抹上了一層層白粉。因為很少有機會親眼看到落雪，所以當我注視著天空中降下的白色物體，才發現到，原來雪並不是純然的圓球形，反而像十幾根白絲纏繞成的團狀物，真奇妙。

我踩著葉子與細雪，窸窸窣窣往前踏足。

本來以為下雪只是短暫的時間，就像是前天的初雪般短暫。但半小時後，一個小時之後，兩個多小時之後，雪沒有停，反而……更加猛烈了！

原先輕鬆的心情，變得很不自在。

一開始只是細細的飄雪，落在衣服上馬上就會融化。不過，漸漸地，雪花越變越大，白白茫茫，一陣風襲來，捲起一陣雪，撲擊臉頰，凍得有些疼。

嗯……很冷！

抬頭睇望，頭頂上朱紅如血的楓葉都被雪花吹得啪啪作響，中午的藍天也早就被漆成一片灰白模糊的色調。

真的很冷。

本來以為是豔陽天，所以只是輕便的衣裝就上山了，也沒有穿上厚外套。眨眼之間降下的落雪，讓我連連打了好幾個噴嚏。

雙手也很冷。

真的很冷。手指冷得顫抖起來，不由自主地晃動。手凍得有些麻，我的精神有些恍惚渙散，也不知道走了多久？

環顧四周，不知不覺之間，山林已經被白茫茫的風雪包圍了，棕色的樹枝像是被白色顏料潑灑過，視線都被不斷飄颺的雪花給遮蓋住。

風雪竟然這麼大，氣象變化竟然這麼劇烈，讓人難以想像。早上的蒼穹仍是無雲的晴日，轉瞬之間就變天。

雪勢劇烈，每呼吸一次，就覺得鼻翼冷得疼痛。

我拿出了背包裡的手機看時間，我才發現已經走了許久，就算要下山，也需要一段時間。

此時，我也注意到我受傷了。不知道是不是雪凍傷了皮膚，或者是路過樹林時，被樹枝割到，我的右手手背出現了一個小傷口，破皮皸裂，滲著紅血。

考慮了片刻，我還是決定，繼續往前方走。

根據勞麗的情報，茶屋應該就在不遠處了吧。如果加緊腳步，可以趕緊去茶屋避雪。

幸好，不久之後總算順利來到了目的地，在屋外的樺樹掛著一支寫著「OPEN」大字的小旗子，那時候心裡彷彿出現「得救了！」的聲音。

溫暖的蝙蝠茶屋，和善的店主夫婦

其實，蝙蝠茶屋並不是位於洞穴之中，或者在屋簷下築滿蝙蝠的巢穴。這畢竟只是我胡亂的幻想。

相反的，蝙蝠茶屋是一棟美得令人驚歎的小木屋，外觀精緻，賞心悅目。棕紅色的原木房屋兀自佇立在楓樹林中，典雅莊麗的高挑構造，彷彿遺世獨立。隱藏在楓林裡的木屋不易發現，只見岩石砌成的長形煙囪正冒著慢吞吞的白煙。

樹林裡堆滿了一片燦黃黃的楓葉，在風雪裡格外搶眼。我跨步走過，響起唰唰唰的脆響，亮黃色的落葉隨即淹沒了我的鞋子，像是沉進了一片油黃色的水面。

風雪似乎越來越大了，白色的雪霜像是黃葉堆上的白色漣漪，被我的步伐擾亂、散開、滾動著乳色的雪屑。

我一身狼狽，彎著腰躲避吹進樹林裡的寒風，滑過了一層層的黃葉，才抵達彼岸的茶屋走廊。

推開了茶屋的木門，室內傳來了溫暖的氣息。果然得救了。房內有著暈黃的燈光，木櫃擺放著瓷器、玻璃杯、亮晶晶的廚具，牆上掛著小畫框，描繪著臉頰紅撲撲的侍女。

「Hey! Hello!」一名身材瘦削、面容溫煦的男子，從刺繡門簾的後方微笑現身。黑衣服的男子原來是茶屋的主人，熱情地和我打招呼。他舉起骨骼頗大的右手掌，掀開了刺繡簾幕，請我進入。

原來簾幕後才是小木屋的主廳，小巧的空間內依序排列五張桌子，右側最角落的沙發上，已經坐著一組客人。

四周的壁櫥同樣擺放著白瓷碗盤、玻璃飾品，每張桌面除了擺放整潔白亮的餐具之外，更細心地放上了當季的楓葉，或紅或黃，看起來極其風雅。

我挑選了左側角落的原木座位，很靠近房間內的壁爐。落座之後，方才路上的疲憊似乎一掃而空，腳底下傳來壁爐火堆的溫暖火氣。

我趕緊先點一杯熱咖啡。

暖熱的液體徐徐啜飲，彷彿將肺葉上凝結的雪晶都融化了。

這是我第一次親眼看到生火的壁爐，也是我第一次烤火的經驗。方才被雪水浸濕的外衣，似乎不那麼濕黏了。熱氣從爐中氤氳昇起，散發著不可思議的溫度。

我感覺自己似乎可以在這座壁爐前，坐上一整個冬天。

茶屋內，是一個布置很溫馨、精緻的地方。雖然空間小，但是棕黃色的木頭裝潢，以及空間內的布置、擺飾都能察覺主人的用心細膩之處。我看獃了。

與方才的男主人聊天，才知道這棟木屋是他親手蓋的屋子，花了十幾年的日子才建成。雖然他不是專業的建築師，但也邊蓋邊學，才完成了這間小木屋。

而女主人——正在與隔壁座位的老夫妻客人用德語聊天——則是負責茶屋的飲食。店主熱情地向我解說他們今天供應的點心，我點了一個胡桃南瓜巧克力派，女主人還特地停下與老夫妻的對談，轉過頭來，用英語告訴我說上頭還淋上當地特產的楓糖漿。

我一邊品嚐著美味的甜點，一邊放鬆地沉浸在茶屋內優閑的氛圍，靜靜地在火爐前烤火取暖。

偶爾，男主人會親切地前來添加熱咖啡，我便與對方閑聊了起來。我談起台灣，談起我的不會下雪的故鄉城市，他問我說難道這是第一次在火爐前烤火取暖嗎？

確實是呀，我說，我從來不知道火焰原來有香味。

那時，男主人正拿著鐵製的長形火鉗，夾起木頭放進火中，燃燒的木頭正散發出某種難以形容的濃郁香氣。

溫暖的火焰，傳來了嗶嗶啵啵的細微聲響。

男主人笑了笑，說起瓊森鎮這時候下雪，其實很反常，時間太早了，通常每年雪季還會更晚一點。他的微笑就跟壁爐的暖火一樣，充滿著溫度。

在小木屋裡，時間彷彿凝止。屋外白雪茫茫，屋內的暈黃燈火則是非常親切，這是一間適合旅人歇息的小店。

店內音響正播放著爵士樂，或者是女歌者海莉（Hayley Westenra）的輕柔歌聲。翹望著窗外一片白茫茫的飛雪，我將木椅更加挪近燃燒中的壁爐，雙手舉起來烤火，聆聽著火焰與木柴的談話聲。

過了一段時間，原本坐在隔座的一對老夫妻客人也起身告辭，女主人也起身送客，所以木屋裡的客人就只剩下我一個。

店內開始播放的音樂曲目，像是類似吉普賽女子歌喉的詠嘆曲，低沉的辭句有些含糊，有些朦朧，讓我聽得不太清楚，只感覺那些歌句都披上了一層淡黃色的面紗。

我靜靜地飲著熱咖啡，有著熱氣的白霧從黑色液體的表面浮出，升起後又消失了。

許多思緒，黯淡不明的心情就像雪那樣的飄忽，難以捉摸，一旦接近了燃燒中的焰苗，驀然就消散。

想到了諸多回憶。

想到了故鄉島城的生活細節。

想到了一些從來不曾再回想起的瑣事片段。因為這個空白的時刻，那些記憶就像是從枯乾如萎木的存在中被釋放出來，燃起了記憶片段的煙塵，在眼前閃爍著微光。

關於溫暖，關於疏離，關於人與人之間，關於一些回憶，或者不好，或者好，或者是傷口……

關於某些沉痛的沉澱，關於一些難以解答的疑問，或者是……關於孤獨。

或者，什麼都不想，什麼都不要再想了，只是靜靜地，靜靜地停留在這一個空白的一無所有的時刻。

什麼都不要想。

不要陷入思考了，只是捧著熱咖啡靜靜啜飲著，只是靠近著溫暖的火堆，看著那一連串紅色的火舌在膨脹、飄動，傳來溫暖。

這時候，窗外是白色寒冷的風雪，那是讓人覺得孤獨而且寒冷的風雪。我瞅望著窗外的白雪，心情就像是火爐裡的火焰般浮盪，飄動著。

不知道時間過了多久，在茶屋裡的氛圍就像是一場夢境。

不知不覺，雪停了，時間也逐漸晚了。

如果再晚一點，天色就會很暗，下山的路似乎也沒有路燈。

也好，雪停了，該是離開的時間。

不管這座茶屋是多麼的溫暖，都要前進才行，都必須要離開。

是呀，得要前進才行。

儘管……這裡是多麼一座美好的處所，但這時候，卻有種不知道為什麼而起的莫名心情，深深地認知到……自己並不屬於這樣的地方。

我不屬於這裡。

儘管這裡很美好，但，總感覺這樣的美好，並不是我能輕易觸及，或者能夠永遠停留。因為這裡，不屬於我。

望向窗外，山中的雪確實停了。

也應該是離開的時刻。

我從火爐前起身，跟店主人寒暄了幾句話，微笑地跟他說，希望有機會能再來，謝謝你。然後我推開了木門，離開了那座美好又溫暖的茶屋。

到了最後，我也忘記詢問店主夫婦，為什麼要將店名取為「蝙蝠」呢？或許，下次再有機會造訪，能夠再問一問這個問題。

但，我還會有機會再度來拜訪這座山中的蝙蝠茶屋嗎？

我並不知曉答案。

但我知道，此時我的心中充滿了感謝，彷彿有了更多勇氣，能往下一站繼續前行。

遠離佛蒙特

離開北美的佛蒙特州之後，算算時間，已經一個多月了。搭著飛機返回台灣，諸事忙碌，日子不再像身處佛蒙特時的自由優閑。而昨天的生日、正式邁入三十大關的時刻，也在忙碌的趕稿中匆匆度過，來到了今日，則是二〇一五年的十二月，冬至降臨的日子。

今天，也是一年裡黑夜最長的日子，最長的黑夜。

我想起了顧城在〈一代人〉裡的名詩，他說：「黑夜給了我黑色的眼睛，我卻用它尋找光明。」

途經漫長的黑夜，想必會有一些不快樂、悲傷、疑惑，徘徊著某種晦暗的情緒，或是寂寞的凝望。經常，我總面臨著這樣孤獨的夜晚。這時候，總會回想起過往某些人生的片段，某些溫暖的時刻。有時候會想著，這些改變，是我所願意的嗎？每個人都害怕改變，因此，我也常常質疑著自己，究竟想要得到些什麼？

很多時候，我總是愚笨地做錯事，一錯再錯，因此失去了那些無法再度擁有的時光。有時候，我會得到一些非我企求的事物。就像是玩笑一樣。

但就算是玩笑，也無法違逆自然的法則。最長的黑夜是今天，只要走過了今夜，太陽的溫暖會逐步收復失去的領土。今夜，是改變的分水嶺。

這幾年遊蕩的歲月，有開心的時候，也有傷感的時刻，或者享受著豐收，或者吁噓著無奈的嘆息。一年一年，每一日每一日，生命的題目有輕盈也有沉重，我始終無法徹底解答那些謎題……但我想，也許我能好好地直視它們。

我希望，我能好好地凝望著眼前。即使到了最後一刻，我希望我的解答將是這兩個字：勇氣。

往前走，一步一步，慢慢地——奔跑起來。

一邊害怕著，一邊往前，迎著夜晚的風，豎起衣領。一邊疑惑著，一邊懷抱著勇氣奔跑。每個人都是這樣，在彷彿笑話一般的道路上往前奔跑，每個人，都是這樣。

我們遠離了我們的童年，遠離了我們的青春，遠離了過往，遠離了那些曾經摯愛過的一切，遠離了記憶中的溫暖。遠離，是為了向前。

每個人，都努力抬起腳來，奔跑著。

每個人都懷抱著各自的心願，期盼著明日升起的太陽。儘管腳擦破皮了，跌跤了，或者哭泣，仍要抱起摯愛的人往前奔，或許不得已鬆開了一直緊握對方的手，卻只能掉著眼淚繼續跑……仍要奔跑。儘管迷失了，仍然要奔跑。然後跟自己開玩笑說：下一秒就是終點。

遠離，是往另一端前進的同義詞。

無論如何，都只能奔跑。從懸崖上跳過去，在迷宮裡勇往直前，寒風裡往前衝刺，彷彿遠方有某種不得不去抵達的目標，一種渴望。每個人，一邊恐懼著，一邊期待著，儘管有著疑惑，仍然要抬起腳來，往前，一步，一步，往前。

迎著風，風中彷彿傳來某種崇高而讓人感動的歌詠，悠微而輕靈的像是祝福的音唄。

每個人都向前而去，彷彿要去尋找那陣歌聲的來源，想要去一探究竟，山與海的另一端是什麼樣的風景。所以我也要……開始奔跑了，跑向屬於我的三十歲的世界。

我告訴我自己，今夜是新的旅行的起點。

5

【育萱】vs.【敬堯】

對話錄

Q1：在佛蒙特藝術村，是否發生什麼印象深刻的事情？

敬堯：在異國，如何展現自我，又不會太突兀，需要慢慢摸索。例如，「稱呼」就是一個很微妙的媒介，可以呈現出自我的認同，也能反映出他者的觀點。

我的英文名字是「Joe」，不過我也想讓我的中文名字被外國人記住，但「敬堯」在英文裡的發音有些拗口，所以考慮之後，我在藝術村中自稱「Ho」（何）。因為語詞簡短好記，也很具中文的特色，立即就能讓藝術家們印象深刻，而女畫家珍甚至替我想了一個更有趣的稱呼。

珍是一名個性俏皮的女藝術家，儘管六十多歲，卻仍然活力充沛、熱情如火，每次見到我都朗聲打招呼：「Hi Ho!」我便問為什麼每次都要加個「Hi」？珍便靦腆地說，我的名字讓她想起她所喜歡的動畫電影《白雪公主》中七矮人認真工作時的歌詞：「Heigh Ho!」（發音同「Hi Ho!」），並且也祝福我能如那首歌所誦唱，臉上永遠有著微笑。

不知道育萱是不是也與珍發生過什麼有趣的故事？

育萱：珍是我印象最深刻的畫家，第一次見到她是在圖書館。你應該還記得位於餐廳下方，擺了西洋棋、沙發和壁爐的溫馨空間吧？駐村的三四天後，有人提議到那兒喝酒。因為跟其他人尚不熟悉，所以還猶豫著是不是要過去，更何況時至夜晚的鎮上，罕見一人。

站在通向地下圖書館的入口猶疑時，有人招呼我進去。一踏進，發現有人拿著琴酒兌水和檸檬汁開始喝了起來。我坐下時，隔壁正好是珍。

她擁有女祭司般的白髮，又多又長，我聽著她談起在各國駐村時的感受，並意外不少藝術家並不怎麼喜歡餐廳伙食。似乎是個注重養身，只吃生機蔬菜的珍，喝起酒來毫不手軟。聚集在一起的藝術家，恰巧都是女性，有位阿拉伯裔畫家阿曼拉（Amene Tinwala）提到她的養兒經，說起自己買給兒子的玩具，選了個黑色，但卻發現他愛粉紅。

「噢，讓他自己選吧！」還記得珍大笑說。

美麗的畫家聳聳肩，她說，「當然好啊，粉紅色。」

一眾人笑得很開懷，又因為酒精的關係而更放鬆了。

珍蹺著長腿，感覺不出她身為創作者，也曾飽受養育兒女之苦，老練活潑地評議這些瑣碎的磨難。

跨越國界，身為女性的創作之路依舊有著嚴峻考驗。

我默默啜飲著杯中的酒，一邊眩暈，一邊又感受到被理解的安慰。

敬堯：那座圖書館位於紅磨坊餐廳的地下室，我很喜愛，三不五時就會在一排排書架之間閑晃。有一次，甚至讀到一本英文撰述的日本妖怪浮世繪研究，讓我很開心。雖然是地下室，可是一點也不陰暗狹窄，那是因為這個房間並非真的位於「地下」。原為老舊穀倉的紅磨坊建築於吸虹河的河岸，河面與堤岸的高度落差極大，約有兩層樓、六、七多公尺高。所以，矗立在堤岸邊的紅磨坊，就算是地下室的地板，也與河面高度差有一樓高以上。只要打開圖書室的窗戶，河面上冷冽清涼的微風拂來，就讓人神清氣爽。

數十年前，藝術村的創辦人買下老舊穀倉，將它重新裝潢、粉刷，賦予它新的使用功能，而其餘工作室也都是重新修整、再利用的老屋。對於老建築的尊重之心，展現了西方國家的文化精神，也讓我開始思考所謂「老屋活化」的更多可能性。

近年來，台灣逐漸開始重視老屋、古蹟的存在價值，各縣市也有許多老屋活化的成功案例。返台後，我讀到張倫著作的《台灣老屋散策》書中的序言很認同：「每一棟房屋不會單獨存在，它會出現在那裡一定有其時空背景下的因素，一棟建築背後蘊藏了歷史、地理、政治、經濟、社會、時代美學等多種涵義。」目前的台灣社會，普遍對於古老的事物輕忽、鄙夷，甚至排斥，這是很糟糕的態度。衷心期望未來的台灣，也能更加尊重老屋舊宅，並且尋找到更多方法與這些充滿記憶的空間共同存活。

育萱：你這麼一說，我便想起每棟工作室旁所立的說明牌，附上昔日歷史光景，以及這棟房子如何演變迄今的過程。誠如你所說，這個藝術村的存在，正見證歷史的軌跡。同時，佛蒙特藝術村打破我先前的想像。在抵達之前，我很狹隘地認為它會是一個集中式的樓房，擠進所有的藝術家。不料，它沿著河，呈現蜂巢式逐步擴增的方式，直到形成一個聚落。

並非一開始就畫定範圍的藝術村，的確是「長」出來的，而不是「做」出來的。藝術村每一棟建築都有獨特的造型與色彩，即使是初來乍到的陌生旅人也不致弄混。這樣的思維讓我反思台灣政府一旦想推行文化園區，只能想到利用舊糖廠，不曉得是不是空間本身的限制，全台各地文化園區相似度極高，在走進之前，內心已有一定的圖像，通常行過一圈，亦差不多如此——單價頗高的文創商品、幾個展覽地帶、餐廳，以及音樂表演場地。

相較來說，佛蒙特這裡並不特別想彰顯什麼藝術氣息，頂多是紅磨坊餐廳一側有一個小展覽室，其餘都是日常場景。想買禮物的話，過了橋，會見到一間小巧溫馨，專售當地農產品的小店。如果想買書，不遠處有一間書店，就只是普通的磚造屋，不張揚，不喧嘩，好好展示販售書籍。那兒的書都不打折，但據我觀察，平時進店買書的顧客大有人在。

往藝術村周遭走去，會發現這個鎮內幾乎很難見到兩棟一模一樣的建築，這使我詫異，原來建築應該保存各自的個性。只是這在台灣極難見到，不論是否是社區型規畫或鄉間獨棟別墅，造型相似度極高，色彩單調的缺點反而能被歸類為一種「特色」。

這個人口僅僅幾千的小鎮，足夠使我思索台灣處處想急於證明先進的心態。許多珍貴的史蹟在不明大火中灰飛煙滅，而接二連三持續後起的文化園區只像是空降而至的太空船，什麼都有，唯獨就是少了能與在地共感的溫度。

Q2：駐村的方式是否為最適合自己創作的形式？如果單就寫作上的助益來說，會選擇單純住在異鄉，抑或會選擇與其他藝術家交流較頻繁的駐村？

育萱：創作的時空、地點，有時不免和作品有所關聯，皮膚與呼吸到的氣息，感知的溫度，微小差異累積下來，都能產生後續的震盪。像是初到佛蒙特的工作室，見到顯然不新但卻十分乾淨的大桌子，就期待著它是孵育精短作品的媒介，旁邊的大面窗子緊鄰河畔，白天推起窗戶，空氣的流通感立刻滲進室內，這與我長年居住的台灣城市截然不同。台灣的空氣黏稠停滯，經常是吸一口氣，就得花一口氣的力量去推開空氣分子，於是我把生活當作磚塊，一點點砌上，直到一部小說的完成。回過頭來，或許是因為遠離家園又適逢鄉村場景，讓人覺得似乎能練習把握詩，借用自然的光影沉落，完成詩歌與散文。

住在異鄉的創作，對於我個人來說是幸福的。短暫遠離塵囂與人群，在思慮上有很大的助益。聽說有些駐村地點是各個創作者各自隔絕的狀態，很可能一個月後，彼此還是相當陌生。

不知道敬堯喜歡這樣的方式，還是有一個平台可以互相討論？

敬堯：我很喜歡互相有討論的創作環境，我很期待每次交流所迸發出的靈感火花。雖然人們常言：「創作是孤獨的過程。」閉門造車雖然能讓工作效率變好，但偶爾也想打開窗戶，透透空氣。

儘管藝術村的位置離市區有些偏遠，但只要漫步其間、或者走進紅磨坊，總會遇到各式各樣的藝術家、作家。與他們閑聊時，除了感受到許多文化衝擊（culture shock）之外，我也訝異於異國作家所擁有的截然不同的創作觀念。

另外，藝術村所提供的作家工作室，也是十分優良的環境。關起門來，就是與世隔絕的小宇宙，讓我可以專心地投注於寫作，不需要擔心各種瑣事的干擾。這樣的情況，與我在台中的生活截然不同。畢竟，住在城中，就必須要煩惱各種柴米油鹽的瑣事，目前光靠版稅的收入，不足以應付日常開銷，所以我也兼做國文家教、文案撰寫、採訪稿……等等工作。在藝術村的生活，能讓我暫時拋開這些事務，專心一志在創作工作。

育萱：不知道你會不會想念工作室的大書桌，以及厚實的沙發椅？

對我來說，那幾乎完美呈現了我對國外寫作環境的想像，我還記得環境簡介時，把頭探進已經敞開的工作室大門，心情的雀躍就像是突然覺得自己得去完成一部驚世鉅作。

直到坐到桌前，構思起作品，幻滅感很快降臨，即便是離開亞熱帶島國，這方世外仙境發揮不了神奇作用，關於作品的苦惱還是存在。

想當然爾是這樣，這才是最真實的一面。

所以我想，駐村真能帶來點什麼嗎？

所謂真正的影響力是一種飽滿的狀態，是一杯即將溢出卻還穩穩維持張力的拿鐵，是不好隨便掛在嘴上卻開始在許多細小選擇上努力的轉念。

倘若真有人問，去駐村的創作者到底「實際」獲得了什麼？

這樣的問題，必須這麼回應嗎？要拿出更多，more and more，像是展示訓練好的肌肉那般，證明不是單純去那邊發呆，而是通過那一個月的時間，忽然獲得大量的文學資產，成為一個更好的文學創作者？

凡是身為創作者都明白，那個「更好」的狀態得由自己心證，而非他人以一己謬見來評價。

更何況，放鬆和無意義的漫遊，本身就是養分。

這不就是駐村最根本的意義嗎？真正的影響力是看不見的。環境與空間能夠影響心境，而特定的一群人到了那樣特定的空間，他們每個人的體內勢必不斷製造著文化衝擊與對話。回到台灣來，極細微的內在紋理就隨著幾片楓紅繼續積存在體內，而這是不需要展示給誰看的。

敬堯：關於駐村的經驗，對我而言，我最大的收穫可能是在於「心態」的培養。我經常瀏覽批踢踢（PTT）的八卦板，這是目前台灣年輕族群最常使用的網路交流平台。而在這平台上，時不時會出現「輕視文組」、「貶低文組」、「文組無用」的言論，反映了台灣社會的某種特殊價值觀，認為「無法賺錢」、「無法迅速累積利益」的工作，都屬於無用。

這樣的觀念，其實很危險，我也認為很不公平。儘管我對這樣的說法不服氣，但對現狀也無可奈何。當我決定想要依靠文字工作過活時，也經歷一段很迷惘的時期。或許，現在也同樣處在迷惘中。但之所以「比較能坦白接受」自己正在從事文字工作的心態，可能是在藝術村中與一群志同道合的異國朋友聊天、來往之後，逐漸建立起的信心。

這很弔詭。

明明我對於他人輕視文組的態度覺得不公平，可是我一直以來看待自己的創作工作，常常會陷入「這不是正當工作」、「這是不務正業」的自卑眼光。這實在很尷尬。

一直以來，台灣對於藝文領域始終很不友善，藝文類的工作環境也存在很多不合理的狀態，包括過勞、低薪、剝削……等等問題。這樣的問題，造成了惡性循環，甚至讓社會大眾對於藝文領域很輕視。目前我作為一名文字工作者，很期待未來台灣的藝文工作環境能有所改變、調整。

Q3：關於寫作，在佛蒙特藝術村有何新的體悟？

敬堯：我很喜歡妳的那篇〈美國High Way散策〉，文中敘述著「行走」的樂趣。我認為寫作工作，除了只是每天固定在書桌前寫字，平日裡的「行走」，也逐漸成為我寫作之前的「儀式」。村上春樹所執行的「跑步」，或者是「馬拉松」，可能只有少數人能貫徹始終，但我卻很同意他所說：「要處理真正不健康的東西，自己必須盡量健康才行。」

生活在藝術村中，在戶外走半小時或一小時以上、或者夜跑，都是我每天固定的行程，除了是為了健康的理由，另一方面也是強迫自己「慢下來」。

我以前在學校讀碩班、博班的時候，總給自己許多壓力，如果沒有寫出論文，或者還沒有將好幾本的文獻讀完，我不允許自己有休息的時間。久而久之，忙碌的研究生活，反而讓我迷失其中。如今從事文字工作，我反而有了警惕，如果只想要快速地完成某些目標，結果只會讓彈簧的彈力鬆弛。這時候，不如伸伸懶腰，穿上慢跑鞋，打開門，踏上青綠的草地，反而會得到更多意想不到的收穫。

不知道育萱在美國的散步散策，也帶給妳什麼意想不到的體悟呢？

育萱：很訝異的是，原來坐在我隔壁工作室的人好認真！幾乎一整天可以關在室內專注於台灣妖怪史的撰寫。我還記得你一開始可以半夜四點起床，說是睡不著，於是乾脆前往工作室，摸黑工作。心想，也太拚命了！幸好，你很快就適應時差（笑）。對我來說，看到同輩人付出的努力，是格外重要的收穫。出了社會，多半在南方活動，總覺得跟其他寫作者離得很遠，加上個性疏懶，其實完全不曉得平常大家都在做些什麼？寫作狀況如何？

這次跟敬堯一起駐村，偶在餐廳相遇，話題總離不開「今天寫了什麼？」、「工作進度到哪了？」這類的話題。陸續來到餐廳，加入對話的藝術家或作家們，有時能得知他們歡慶自己的工作進度，但偶爾也會聽見他們說自己今天「一事無成」。感覺的美好在於創作者的煩惱很相似，因此國界不是問題，反倒是志趣相投，不同文化背景容易創造驚喜。

這使我想起過往讀研究所的氛圍，「重溫」只是幻覺，事實上現在比過去更知道在這種情境下該把握住什麼，能夠在文字中「散步」起來，正是我的另一份收穫呢！

敬堯：關於創作的體悟之外，逐漸理解佛蒙特當地人的生活態度，也觸發諸多念想。佛蒙特人嚮往自由，憧憬回歸自然，他們的心性與主流的機械文明之間有著微妙的距離。許多東海岸的城市人，厭倦了人類社會的擁擠與消磨，都將佛蒙特視為心靈的淨土，例如曾經走過六〇年代嬉皮歲月的藝術中心創辦人夫婦，最後則落腳瓊森鎮，志願為世界各地的藝術家創造一片樂土。

在藝術中心蟄居的日子，接觸佛蒙特的在地文化，我開始思索人類文化的意義。文明、理性、邏輯……這些所謂「進步」的概念，是否真能解答生命的所有問題？我始終疑惑。

所謂的「文明」，是否真能解決我們所有煩惱？文明是否只是，另一種野蠻？十年前，美國的作家大衛・馬密（David Mamet）在《佛蒙特隱士》書中曾言：「文明的野蠻，每天都使我震驚。」久居佛蒙特三十多年的大衛，在九一一恐怖攻擊事件、安隆公司事件之後，所出版的這本散文集，是站在邊陲的佛蒙特鄉村，深刻反省美國文明的荒謬與錯誤。

九一一事件是國家主義過度高漲後產生的連鎖效應，而安隆公司則代表資本主義的罪惡。大衛批評安隆公司詐騙了數萬人的血汗錢，但陰謀者和罪犯卻一再受到包庇，甚至連公家人員都涉入其中，無怪乎他只能沉痛地說：「在我看來，他們似乎將公職任期視為一種較公開的犯罪活動，就像黑手黨將蹲牢飯刑期視為做生意必須付出的代價。」

在台灣的城市生活，也經常讓我陷入迷惘。在佛蒙特的居宿日子裡，我也不斷回想台灣的處境，以及未來。

育萱：佛蒙特因為地處邊陲，因此在兩次世界大戰中，算是較能保持中立的一州。至少我清楚知道它選擇不進入膨脹到爆炸的「文明」進步中。

美國文化因著它闊遠的國土，其實並存許多價值觀。你說起九一一事件和安隆公司，它的背後都隱匿著，或者說現在乾脆明目張膽地標示「消費」、「金錢」和「私利」的考量。這是美國夢的一環，不可否認的是，許多人冒險移民到美國，經過一代二代三代的努力，他們要將一無所有轉變為龐然巨富。個人主義如此，而當個人創設財團、進入政壇，便堂而皇之地進行野心擴張。

然而，我所深愛的梭羅、艾蜜莉．狄金森，他們卻也代表著美國另一種聲音，那是追尋自己聽見的鼓聲，不腆於面對截然不同路徑的生存方式。寫作不代表得窮困潦倒，只是有人願意安時處順，沿著個體的莖脈而生，其作品所煥發的氣場，便遠別於現今全球競逐的某種「成功」的「幻想」。

因此我對於台灣的生活感受到的壓力，倒不是我們也在消費主義的壓力下，而是我們能不能在速食單一的選項中，還能養出一群無畏的藝術家、作家。不僅是經濟上，還是整體社會氛圍所能支持的自由度。

你說自己得額外花費不少力氣才能支持生活用度，我想起湯米和其他作家說起在美國想當全職作家、畫家也不是容易的事。

不曉得這是否也算是你迷惘之處呢？

敬堯：台灣看待藝文工作者的眼光很不友善，相信很多人經常被親戚、朋友、長輩們詢問（逼問？）一句話：「你一個月薪水多少？」

前陣子我讀到一篇「端傳媒」的報導〈台灣藝文青年的勞動貧窮，與藝術教育的僵化〉，這篇文章深入探討目前藝術、人文領域的工作者面臨的諸多窘境，認為「青年藝文工作者的勞動狀況長期處於弱勢，更陷入自我剝削的層層輪迴」，普遍都有「薪資低廉」、「工時長」、「過勞」、「無薪加班」等等狀況，甚至會被「志工化」——也就是說，雇主會以「情義相挺的贊助」、「正向增加自我工作能力」、「為藝文奉獻」等等名義，推託責任，甚至給予和勞力不相等的薪資。

當然，社會上各行各業，都有其艱辛與複雜的一面，我也不認為「吵的人就有糖吃」。只是，以我身為一名文字工作者的角度來看，目前台灣的藝文環境，確實存在「越勞動越貧窮」的慘狀。而這種狀態，無法留住人才，更無法培養人才。

為什麼台灣會有複製國外的藝術村、只有噱頭的觀光景點、乃至於拍不出好看的類型電影、沒有穩固的台灣文化特色……這些問題，可能都肇因於藝文工作者的環境過於惡劣，這是整個社會的共業。

文化需要累積，需要時間培養，藝文工作者需要被尊重，也需要讓大眾認為他們的專業是台灣社會不可或缺的存在。

Q4：是否能分享在佛蒙特藝術村的寫作工作？

育萱：一開始到佛蒙特是暫無計畫的，只想著要好好感受當地氣氛，恢復感受力，並利用這段時間沉澱，不過，雀躍的心情很快就因為周遭藝術家、作家而有些許變化。來到此地的創作者幾乎都有明確的目標，比方是趕著出版，或修訂整本書，以便投遞給出版社。透過幾次交談，發現一群藝術家群聚的好處是格外能激發內在動力。即便內在動力自給自足，若是有人興奮地在面前提及今日他又完成了什麼，確實會讓人興起微妙的競逐念頭。

奇妙的是，跟進的方向縱使一開始模糊，但隨著規律的生活和寫作，它會自然而然地生成。於是，我便開始寫起詩來了。

詩歌對我來說已不陌生，只是這幾年書寫的主力仍是小說。先前寫詩是書寫長篇小說的歇息，在其中喘口氣，又能繼續出發。

這次駐村，每天寫詩，並且隨著熟悉度增加，數量也隨之遞增。作品量不等同於質地，我深信其中仍有不少需要刪除的作品，不過透過大量穩定的寫作，心靈獲得重整，尋回內在的細微變化再次成為熟悉而自然的事。

敬堯：在佛蒙特的寫作工作，我只有將少部分的時間，分配給小說的創作，主要是在歷史背景故事的大綱擬寫。自從第一本書發表之後，我反而深深感受到自己在歷史故事創作的不成熟，所以很希望下一次的歷史背景小說，能在準備充分的情況下來寫作。

除此之外，我在藝術村中花費最多力氣的工作，則是台灣妖怪百科全書的編纂。這項工作我從三、四年前開始著手，一開始只是為了蒐集寫作素材所寫的筆記本，後來筆記越做越多，似乎也能單獨成冊，所以我便開始專心編纂台灣妖怪與鄉野奇譚的各種記載。

我在台灣時，已經摘錄了二十萬字以上的原始資料，相信還沒被摘錄的故事應該更多。到了佛蒙特之後，我便開始將這數十萬字的資料分門別類。並且，因為大部分資料都是文言文，我也進行了注釋與白話翻譯的工作。

或許，有人認為這種工作與小說創作無關，但對我而言，這卻是最基礎的功夫。我致力寫作的方向是奇幻小說、時代小說，並且想將這兩種類型融合，所以，寫作最開始的步驟，並非發想故事，而是資料蒐集、素材整理。

未來，我也希望藉由這些資料的分享，讓更多寫作者，對於台灣歷史感興趣，並且也願意投身於這種類型故事的創作。

育萱：對於類型文學，過去雖然看了不少，可是跟敬堯相比，只是胡亂雜食。並且，我缺少歷史基礎，其實在理解的深刻度上，有一定的落差。不過，因為聊到收集、轉譯、詮釋妖怪資料的事，所以我也決定可以先充實這方面的先備知識。

我在駐村期間，曾嘗試要轉換不同的寫作風格，還因此設定了一位女高中生，她在愛河河畔意外發生的怪奇事件。走向並不是妖怪，而是比較接近西方小說中經常出現的奇幻。只是，最重要的核心意念還未孵出，就故事框架來說，也還薄弱，我似乎不太能說服自己，當女主角遇見這些無法解釋的事情之後呢？它應該怎麼發展才合理，於是就先把它擱下。

格外覺得要寫好故事非常難，因為首先作者就得抱持著無與倫比的信心，也有足夠的才能，甚至是豐厚的背景知識，認定它一定有完成的價值才有辦法繼續走下去吧！我很喜歡你的《幻之港》，運用的台灣妖魔鬼魅十分熟悉，又能別有新意。

你是嚴謹考據的寫作者，不曉得敬堯你曾遇見過的小說書寫難題是什麼？

敬堯：我目前的書寫難題有三點，第一點是懶惰，第二點是懶惰，第三點……應該也不用說是什麼了（笑）。

對於以前的我來說，可能會執著在靈感的產生，並且天天盼望能寫出什麼驚天動地的好篇章。但，這種執念，反而讓我更加焦急、躁動，最後什麼也寫不出來，甚至有了怨懟。

所以，目前我已不再那麼「病態地」仰賴靈感，反而認為所謂的靈感只是一種「假詞彙」。靈感的真相，是不停累積的最終成果；藉由一日一日不斷地累積、鑽研，或許能在最關鍵的時刻才融會貫通，領悟了開啟祕密之門的神奇咒語。

持續就是力量。對我而言，書寫不是憑藉一時的衝動或者「天啟」的靈感，反而是要藉由一點一滴的累積，一步一腳印，才能走完的旅途。

所以，不怠惰，有效率，能夠持續而穩定的生產文字、寫出故事，是我目前最大的課題。

靜下心來，打開筆記型電腦，開始打字，寫故事。只有寫——這才是永遠重要的事。

Q5：駐村期間，是否有任何文化衝擊的經驗？

育萱：駐村最有意思之處在於遇見的人。這與旅行有相當本質的不同，旅行是說走就走，然而駐村必須持續蹲點，不論你習不習慣你降落的城鎮。

並非以英文為母語的自己，一開始到這樣的環境是欣喜的，因為鍛鍊許久未使用的語言，暢談美國創作者的個人經驗，這種新鮮感讓遲鈍的腦袋獲得新生。

然而，在某次書寫的過程中，我突然無來由地想讀中文書。手邊那本外文小說因為閱讀帶來的障礙感，使我還是無法盡興享受小說帶來的樂趣，這種時候，只有中文字能夠給予我踏實感。使用母語的文字是輕盈的載具，轉譯情境很快，剩下的唯剩我與那本書創造的世界。

我與瑞典詩人帕、加拿大畫家談起這類的事情，驚覺他們在短短一個月內，亦有著對母語的懷念。記得很清楚，帕說，「你們真幸運，能夠一起用母語交談。」

我明白這種感受，這並非融入或不融入的問題，而是帶著不同「根系」的人，他們看待世界的方式如此不同，這關乎整套語言模式運作下來的世界觀。

美國人擅於社交，我所參加的每個大小場合都少不了讓人微笑或十足逗趣的事。不過他們將社交和私人事務分得很開，一旦離開社交場，旋即關上房門，一整天都做著自己事情是他們的習慣。

但我後來慶幸自己能在美國駐村，因為聽聞歐洲人濃厚的個人主義遠勝美國，這確實與人我距離較近的台灣，有著明顯不同的習性。

敬堯：文化衝擊的部分，我感受比較多的可能是在於「人際交流」這一部分。在藝術村中，不管是來自美國或世界各地的人，每個人看起來都很懂得跟人交朋友，社交場合上就算原本是陌生人，但也能片刻之間談笑自如。我覺得他們很厲害，我很羨慕擁有強大社交能力的人。

我不太懂得人際交流，我的社交圈很狹小，在人際關係上總是很笨拙、很遲鈍。在人很多的地方，總會讓我很不自在。因此，能盡量不跟人接觸，我就盡量遠離人群。我是一個很宅的人。

不過，既然有了這一次的機會，就要想辦法克服自己的心理障礙，跨出家門，與人有所交流溝通。這樣看來，其實對我來說，要應付文化衝擊之前，我可能要先應付我心中對於社交活動的恐懼。

幸好，因為來到外國，人生地不熟，很多事情都必須「開口問」。慢慢地，我也逐漸調整了自己對於人際交流的排斥心態。

育萱：我可以證實（笑），認識你之前還以為是一位長袖善舞的作家。心中還打算，社交活動都交給你好了！

你提到的「開口問」，我認為是創作者某種重要的特質，保有對世界的好奇心。我想到駐村期間曾經討論起小說該怎麼寫這件事，那對我來說是獲益良多的對談。因為在陌生的北國一邊走路一邊談話，真誠度遠勝兩人坐在台上用麥克風交談。

對我來說，出社會後的生活就是一點一滴流逝與他人談論作品的機會。創作這件事，唯有跟正在創作的人談論，才能很快交集。這並非指文學有排他性，而是曾經同樣面對差不多困境的人，說及困頓磨難或箇中樂趣，往往一點就通，還能透過彼此列舉的書目，進一步回頭去擴張未曾關注的領域。

睽違多時的文學討論，持續發生在短短一個月內。跨國、跨領域帶來的文化衝擊本身也是密集的修復，讓我在生活中逐漸粗糙的心靈，透過其他創作者熱誠、專注，直面創作的態度，產生涵養積蓄的能量。

不曉得後來走出去的你，也有這份感受嗎？另外，你在台灣平時有機會跟其他創作者頻繁交流嗎？

敬堯：平常我在台灣，很宅，很少有機會跟其他創作者接觸。其實，我在創作圈的朋友很少，我是個很不擅長與人溝通的人，也不太擅長交朋友。跟朋友比較多的接觸機會，可能就是在網路上，成為「臉友」，利用臉書的訊息聊天，或者是在臉書上得知朋友們的近況。

因為不常與創作圈的朋友接觸，所以我很珍惜每一次跟同行業的創作者交流的機會。

寫作，確實是一件很孤獨的工作，常常寫了半天，也不知道是好是壞。就算自己覺得有趣，但是也會一直擔憂讀者會不會喜歡這樣的故事，常常這麼一想，就會沒有自信心，很想將寫好的檔案刪掉。不過，當我與同為創作者的朋友聊一聊，頓時又覺得自己設想的故事概念實在很不錯。有了信心之後，就覺得終於可以安穩地坐在電腦前打字寫作——但是沒過多久，我又會開始鄙棄自己的文字乏善可陳，蹙眉搔頭，將剛才寫下的文字反白，按下刪除鍵，重新來過。

我並不是一名厲害的寫作者，不管怎麼寫，都覺得自己的故事總有一些盲點、缺陷，可是我卻看不清楚到底是哪個環節出了差錯。所以這時候，我就會很希望能有朋友，能夠客觀地指出我的盲點與缺陷，我很希望能聽到批評，這樣我才有改進的機會。

Q6：結束了藝術村之後，返回台灣，有何變化？

敬堯：這一次的駐村經驗，對我而言，變化最多的部分，就是「心態」。

我是否有作為寫作者的覺悟呢？我是否能夠成為一名寫作者？在前往藝術村之前，我對於這些概念都很模糊。那時候，我剛服役結束，並且也下定決心，不再繼續博士學業，想要以文字工作者的身分來努力，但其實我對於自己是否能夠成為一名寫作者，有所質疑。

但在藝術村中，我很驚訝地發現，許多創作者在介紹自己時，會自稱自己是「藝術家」（Artist）、「作家」（Writer），甚至也在名片上標明這些頭銜。我感覺到他們對於自己所從事的工作，充滿自豪。這種情況，在台灣卻很難發生。

在台灣，如果你並非一位知名的藝術家或作家，如果介紹自己是寫作者，反而會被人認為「不務正業」，甚至對方可能一臉茫然，然後還會持續追問：「那麼……你的正職到底是什麼？」對台灣人來說，寫作並不是一個正職，而只能是一種「興趣」、「兼差」。

所以，一開始我對於自己從事寫作的工作，也難免帶著些許自卑的心態。但在與許多外國作家接觸之後，我逐漸感受到他們對於自己從事文字工作的驕傲。所以，我也開始試著改變心態，以身為文字工作者為榮。不知道育萱在這一方面，是否也有不同的領悟？

育萱：確實如此，我記得來佛蒙特工作室駐村的藝術家、作家，每個人都神采奕奕地認定「我是創作者」。

有時想想，是不是台灣太過矯情了呢？也同時太過自以為。矯情出自於一種虛張，有人知道你是作家，就另眼相待，認為你跟他人格外不同。另一種是自以為，他們覺得塗塗寫寫沒什麼，不太算得上謀生職業，所以認為搞文學藝術只能很窮。兩種都偏離事實，太簡單的分類讓創作者也很為難。比方，不太容易長出落落大方的姿態，無法把寫作這件事談成如路邊擺攤、搞個甜點鋪或銀行職員般只是一個職業。被目為不可一世，刁鑽乖僻，全是刻板印象。

我覺得這些駐村者的態度倒很自然，無論是否出自名校，乃至之前在創作領域有什麼實績，他們都照常在你面前吃著沙拉，夜裡在小圖書館裡自在喝酒。

於是我便想，回台也得這樣，自然地表明自己的工作，寫作一點都不神祕也不偉大，那也只是我們去呼應這世界的一種方式而已。

敬堯：我很認同妳的想法。

以前學生時代，總覺得作家、寫作者是一種充滿神祕氣息的行業，所謂的「創作」是一種極為神聖的儀式。或許這只是一種盲目的憧憬（笑），可是正因為有所憧憬，有所盼望，反而成為了我前進的熱情與動力。

但，當自己真的下定決心，期望能往「文學」這方向發展，越來越感覺，「文學」其實也只是一門「工作」。

文學並不特別高尚，也不特別偉大——因為所有的行業皆是偉大而獨特，皆有各自的價值、各自的真諦所在。我尊敬文學工作者，與我尊敬一位警察、建築工程師、廚師，同樣都是懷抱著相等的感謝，因為人類社會便是由各行各業的人們所支持、鏈結而形成。

育萱妳作為一名學校教師，擁有教育者與創作者兩種身分，不知道妳是如何看待自己的位置，以及與這個世界的連結呢？

育萱：文學作為一門工作，我傾向將它視為一種記憶保存的技藝人。我從來未覺得文學要與「夢想」連結，因為有時過於熱血的口號，卻容易使人忘卻踏實努力的方式。我猜我們都同意，文學創作完全不浪漫，還很常得經歷折磨痛苦。

記得某次公開場合有個七年級作家座談，當時，小說家郭強生老師便問了個與寫作有關的問題，我記得沒錯的話，那應該是——「寫作對你來說是什麼？」再年輕幾歲的我，說出「寫作讓我快樂」這樣的話，郭強生老師很不以為然，立刻反駁：「寫作明明痛苦得要死，哪裡快樂？」

這句話始終回盪在腦海，我開始反覆思索這件事「快樂」在哪？如果不是快樂，那又是什麼？還有，為什麼願意繼續寫？

石黑一雄在《長日將盡》中寫著：「我們都只是暫時知道某事，永遠不可能看清某事，但我們可以提出一個暫時的真實立場，未來，它就會有所變化。」

我曾經以為寫作是快樂的，那是過去的真實立場。

現在我則傾向於一場克服自己的戰爭。每當筆下角色開始活動時，我總希望能做到恰到好處，既有生命力，又能明確感受到角色就是世界與自己聯繫的橋粱。

教學可能也是這麼一回事。

我抵抗著目前不合時宜的概念，例如考試至上，並懷抱著某種理想主義去試著重建或續建學生對文學的想像樓層，幫助他們找回情感的連結點。

這兩件事的成敗，都只能放諸時間之流，十年、二十年的單位通過之後，我才能肯定它們真正的樣子。

不過唯一確定的是，我正建造著比權力、消費更牢固的某種鏈結。

九歌文庫 1236

佛蒙特沒有咖哩——記那段駐村寫作的日子

作者	陳育萱、何敬堯
責任編輯	羅珊珊
創辦人	蔡文甫
發行人	蔡澤玉
出版發行	九歌出版社有限公司 台北市105八德路3段12巷57弄40號 電話／02-25776564・傳真／02-25789205 郵政劃撥／0112295-1
九歌文學網	www.chiuko.com.tw
印刷	晨捷印製股份有限公司
法律顧問	龍躍天律師・蕭雄淋律師・董安丹律師
初版	2016年11月
定價	300元

書號　F1236
ISBN　978-986-450-096-3（平裝）
（缺頁、破損或裝訂錯誤，請寄回本公司更換）

國家圖書館出版品預行編目資料

佛蒙特沒有咖哩：記那段駐村寫作的日子 / 何敬堯, 陳育萱著. -- 初版. -- 台北市：九歌, 2016.11

面；　公分. --（九歌文庫；1236）

ISBN 978-986-450-096-3（平裝）

855　　105018856